ひび割れから漏れる
Leaks from Cracks
道具小路
Kouji Dougu
IIV

ひび割れから漏れる

Leaks from Cracks

目次
Contents

第1章

「私さあ。雷に打たれたいんだよね」

東屋《あずまや》の中。

雷鳴の響く七月中旬の空を見上げて、千歳《ちとせ》さんはポツリと言った。

地面を打つ雨音にかき消されそうな声だったけれど、隣にいる僕には、それがはっきりと聞こえた。

「……なんかの比喩《ひゆ》？」

僕も、雨空を見上げて言った。

「いや、言葉通り」

千歳さんがこちらを向く気配がした。

「ドカーンって。全身に落雷喰《く》らいたいの」

僕はどう返そうかとあれこれ考え、ようやく「変な冗談言うんだね」と言った。

千歳さんは少しだけ黙《だま》ってから「冗談じゃないんだけどね」と言った。

僕たちは五時間目の生物の校外学習で、高校から歩いて十分のところにある桜《さくら》ヶ《が》丘《おか》公園に来ていた。そこで班ごとに分かれ、昆虫を捕まえるべく網を持ってうろうろしていると、黒雲が落っこちてきたように辺りが暗くなり、一気に土砂《どしゃ》降りになった。

トイレから班に戻ろうとしていた僕は、慌《あわ》てて近くにある東屋に避難した。そこで雨に煙《けぶ》る景色をぼんやり見つめていると、僕と同じように、クラスメイトの千歳さんが逃げ込んできたのだった。

「すんごいゲリラ豪雨」

千歳さんはそう言って、ショートカットの黒髪をハンカチでぺたぺたした。

「おかしいよね。さっきまで雲ひとつなかったのに」

「うん」

「今年は近年稀《まれ》に見るくらいの異常気象なんだってさ」

千歳さんの長いまつげに乗った雨粒が、まばたきの度にパッと散る。すらりと伸びた足を踏《ふ》むと、中まで濡《ぬ》れた靴がぐじゅぐじゅ鳴った。ひとしきり体を拭《ふ》き終え、彼女は濡れたままでいる僕に「はい、佐々木《ささき》くんも」とハンカチを差し出した。僕は首を左右に振った。

千歳さんは「ふうん?」と言って、

「いやあ、でっかいカナブン見つけてさ。追っかけてたら班のみんなとはぐれちゃって」

この公園は、公園というより森に近い。高校の敷地の十倍はあって、気を抜くと余裕で迷えてしまう。

「佐々木くんもはぐれたの?」

「うん」

「そっか。でも、この感じだときっとすぐ止《や》むよね」

「うん」

「それにしても蒸し暑いったら」

千歳さんは右手を団扇《うちわ》にして、制服の中に着ている黒いハイネックの長袖シャツの首元に風を送り込んだ。

「もう真夏みたい」

「うん」

「佐々木くんは暑いの平気？」

「うん」

「へえ。私はダメだなあ」

女子とふたりきりのこの状況に、僕は戸惑った。

僕は十六歳になる今の今まで、女子とほぼ接さずに、むしろ避けるように生きてきた。本当は雨が止むまで気の利《き》いた会話でもできればいいんだけれど、照れ臭《くさ》くって敵《かな》いっこない。というか、そもそも何を言えばいいのかわからない。だから相槌《あいづち》を打つしか術《すべ》がない。しかも、並んで立つと僕より千歳さんの方が頭ひとつ背が高いとよくわかってしまって、男として辛《つら》いやら情けないやらで一層言葉が出てこない。

僕が暗いのでつまらなくなったんだろう、千歳さんはそれきり黙ってしまった。

そうしてふたりで空を見上げ、雨が止むのを無言で待っている時に、遠くの方でゴロゴロと低い音がした。そして彼女は「雷に打たれたい」と呟《つぶや》いた。

「……冗談じゃないの？」

そう僕が尋《たず》ねたのと、空がピカッと光ったのは同じタイミングだった。

千歳さんはゆっくりと東屋を出て、大雨の中へ歩んでいった。

一瞬で濡《ぬ》れ鼠《ねずみ》になった彼女は、両手を広げて、顔を空へ向けた。

フラッシュの焚《た》かれる空の下、彼女はそのままひたすらじっとしていた。

一瞬の電光に映される彼女の背中は、まるで十字架のように見えた。

「何してんの」と僕は言ったが、千歳さんにはまったく届かない。

どれくらい経《た》ったろう。結局、彼女は雨が上がるまでそうしていた。

見るも無残なずぶ濡れになった彼女は、身を抱くようにして東屋に戻ってきた。

洗われた青空の雲間から覗《のぞ》く虹《にじ》を恨めしそうに睨《にら》み、彼女は舌打ちをした。

◆

同じクラスになってから三ヶ月が経つけれど、千歳さんとまともに喋《しゃべ》ったのはその時が初めてだった。いや、まともにどころか、話をしたのもこれが初めてかもしれない。これまでに三回の席替えはあったがお互いにずっと遠いままだったし、教室内でもオタク寄りで、いつも日陰にいてなんとなく頭からきのこが生《は》えてそうな連中のコミュニティに属している僕にとっては、ひまわりのように日向《ひなた》で明るく元気に過ごしている彼女との接点がまるでなかった。

翌日の昼休み、僕はいつも通り弁当を持って、B棟二階の漫研の部室へ赴いた。

晴れているのにブラインドを閉めたままの部室には、湿った空気が流れていた。隙間《すきま》からわずかに差し込む光が、漂うほこりをきらきらさせている。長机の上座についた武田《たけだ》部長が、にやにやと『アキミ』の最新号を読んでいる。同じく席に着いていた斎藤《さいとう》が「よ」とガリガリ君を持つ手を上げた。

「あれ、佐々木だけ？　池田《いけだ》は？」

「日誌取りに行ってる。今日、日直」

現在、漫研には八人の部員が所属している。三年生が三人、二年生がひとり、僕を含めて一年生が四人。でも武田部長以外の三年生ふたりは幽霊部員だし、二年生のひとりも放課後カラオケに病《や》みつきだし、一年生のひとりは塾に熱中。だから部を回しているのは、実質四人だけと言っていい。

「部長、『アキミ』読み終わったら僕にも」

僕が席に着きながら言うと、武田部長は「ちょっと黙って今いいとこ」と誌面を見つめたまま言って、眼鏡《めがね》のブリッジを上げた。

「今号、すごくよかったぜ」と斎藤。

「斎藤はもう読んだの？」

「朝一で。やっぱいいよ、南瓜下駄三郎《かぼちゃげたさぶろう》」

南瓜下駄三郎とは、月刊『アキミ』で『迷宮風呂《めいきゅうぶろ》』という作品を連載する売れっ子の作家先生だ。斎藤はうっとりと頬杖《ほおづえ》をついて、「ああ、好き……」と呟いた。

この斎藤とは中学から、彼が気にした池田とは小一の頃からの仲良しだ。残念なことに斎藤とは高一になってクラスが離れてしまったけれど、僕たち三人はいつもこの部室に集まって、漫画談義に花を咲かせていた。

「どうしたら南瓜先生みたいな才能が手に入るんだ」

「きっと血の滲《にじ》む想いで修行したんだよ」

「だよなあ。一流になるには、描いて描いて描きまくらなきゃいけねえんだろうなあ」

僕たちは、いつか漫画誌の看板をはれるような漫画家になりたいという夢を持っている。でも、どこかへ投稿したことは一度もない。なんとか高校生のうちに一本でも作品を上げたいけれど、僕たちのような素人《しろうと》にとっては、まず「描き切る」ということ自体がとてつもなく高いハードルだった。

「俺は今年の夏休みを使って、絶対にひとつ仕上げるぞ。それを投稿して賞をとって、『アキミ』の連載陣に仲間入りして、出版社の謝恩会で南瓜先生にサインを貰《もら》うんだ」

「僕だって負けない。僕も描く」弁当箱を開けながら僕は言った。

「どうだか。また途中で投げ出すんだろ」

そう言ったのは斎藤ではなく、部室の端《はし》で眠たそうに丸まっていたケルベロスだ。

僕はジトリとケルベロスを見た。

おい、今のはどの頭が言った？

大型犬より一回り大きい、ひとつの体にみっつの犬の頭を持つケルベロスは、知らんぷりをして狸《たぬき》寝入りを決め込んだ。

その時、がら、と部室の扉が開いた。

「よう池田」と斎藤が手を上げ、ただちに目を点にした。

なんだろうと思って斎藤の視線を辿《たど》ると、畏《かしこ》まって立つ池田の後ろに、背の高い、黒いハイネックのシャツを着た女子がいる。

「いきなりごめん」と、その女子……千歳さんは言った。

その女声に、さすがの武田部長も誌面から顔を上げる。女子に免疫のない漫研一同の間に、一瞬にしてとてつもない緊張感が走った。

「日直で、一緒で」と、上ずった声で池田が言った。

「佐々木。お前に用だってさ」

当然ながら、女子に用を求められたのは初体験だ。

武田部長と斎藤が、無言で僕に「まさかお前」という視線を向けてくる。僕も無言で「違う違う」と首を振る。

「ちょっといい？」

千歳さんはそう言ってから、僕の弁当に目を留めて、

「あ、ご飯中？」

「う、うん。今、食べ始めたとこだけど」

「ちょうどいいや。じゃあ、この上の科学部の部室で一緒に食べよ」

武田部長と斎藤が、無言で僕に「てめえお前」という視線を向けてくる。僕は舌が回らず、しどろもどろになった。

「パン持ってくるから、先に行って待ってて」

そうして千歳さんは、さっさと行ってしまった。

彼女の足音が遠くなり、漫研にこの世の果てのような静寂が漂った。ボト、と、斎藤の持っていたガリガリ君が溶けて床に落ちた。

◇

不気味に無言を貫いてこちらを見つめてくる部員一同を無視し、僕はいそいそと弁当箱を包

み直して、千歳さんに言われた通り漫研のすぐ上にある第二科学室へ行った。

待つこと六分、千歳さんが人差し指で鍵紐《かぎひも》を回しながらやってきた。もう片方の手にビニール袋を提《さ》げている。

「おまたせ」

千歳さんは科学室の錠《じょう》を開け、「どうぞ」と僕を促《うなが》した。

教室のものよりずいぶん大きい黒板に、消し忘れたチョークで『温度差発電のふしぎ』とある。年季の入った棚に、科学室然とした実験器具と本が並んでいる。六人が着ける長方形の机が整然と並んでいて、くすんだエタノールの匂《にお》いがする。

千歳さんが窓を開けると、粘《ねば》ついた風が吹き込んでカーテンを揺《ゆ》らした。

まだ生徒数の多かった頃は現役だったらしいが、この教室はもう通常授業では使用しておらず、今では科学部の活動場所になっている。

「こっち」

千歳さんは、窓際の一席に腰を下ろした。

僕は恐る恐る、彼女の隣に座った。

「お腹すいたー」

千歳さんはビニール袋から大きなメロンパンを出して、むしゃむしゃやり始めた。

僕も食べようと思ったが、またも女子とふたりきりという状況によって一気に食欲が失《う》せてしまった。いや、食欲が失せてしまったというより、自分がものを食べている姿を女子に見られるのが恥《は》ずかしかった。

「食べないの？」

千歳さんは不思議そうに僕を見て、パックのコーヒー牛乳にストローを突き立ててチューと飲んだ。

「ねえ、なんで漫研ってブラインド開けないの？」

「暗い中で議論してた方が高尚《こうしょう》そうに見えるからって、部長が」

「へえ、部長さんってアホなんだね」

「……あの。それで、僕に用って？」

「ああ」

千歳さんは窓に向かって足を組み、

「池田くんから聞いたんだけど、佐々木くんの実家って電器屋さんなの？」

僕は少しだけためらって、

「うん」

「本当なんだ！」

千歳さんは嬉《うれ》しそうな顔をして、

「どこ？　どこの電器屋？」

「馬引沢《まひきざわ》の」

「あ、あのセブンの隣か！　そういえば『佐々木電器』って看板出てた」

千歳さんは鼻息を吹いた。

「ああ、気づかなかった。まさかクラスメイトに……」

千歳さんは「こりゃもう天啓《てんけい》だね」と呟き、僕にずいと顔を寄せて、

「てことは、電気のこと詳《くわ》しいよね？」

千歳さんから身を引きつつ、僕は察した。

彼女はおそらく、これから科学部の活動で、電気に関する実験か何かを試みようとしている。そこで、電器屋の僕になにかしらの教えを乞《こ》おうと思っているんだろう。だから僕に話があると。

でも残念なことに、

「家が電器屋だからって、電気に詳しいわけじゃないよ」

けれど千歳さんはウキウキした様子のまま、

「佐々木くん、兄弟いる？」

「ひとりっ子」

「じゃ、いずれ継ぐんでしょ？」

「……わからない」

千歳さんは「ふうん」と首を捻《ひね》り、

「ま、継ぐにせよ継がないにせよ、電器屋さんのひとり息子が電気のことに詳しくて損はないよね」

「そうかな」

「そうだよ。だから科学部入りなよ」

突然の勧誘に、僕はびっくりしてしまった。

「明後日《あさって》から夏休みでしょ？　この夏休みは科学部で一緒に電気に触《ふ》れよ」

彼女のその笑顔と言葉に、僕はかなり動揺《どうよう》した。なぜ動揺したのかはわからない。わかるのは、自分の意識とは関係なく鼓動《こどう》がぐんぐん速まっていく感覚だけだ。

漫画であれば、さぞ汗のマークが飛びまくっているだろう。僕はぶんぶんと拒否の手振りをして、

「いやいや、入らないよ。漫研あるし」

「入ってよ」

「無理だよ」

「いけるって。漫研ってマンガ読むだけでしょ？」

現状はそうだけど、

「無理、無理。夏休みはやりたいことあるし」

「なに？」

漫画を描いて投稿したいと胸を張って言えない。恥ずかしい。

そんな僕を見て、教卓の上に座っているケルベロスのみっつの頭が呆《あき》れたように鼻を鳴らした。

「ほんとはなんもないんでしょ～」

「いや、そうだとしても、無理。そもそも僕、科学に興味ないし……」

すると千歳さんは頷《うなず》いて、

「私も別に好きじゃないよ、科学」

「え？」

「だって意味不明じゃん。だから成績もめちゃ悪いもん。いつも赤点ぎりぎり低空飛行」

「じゃ、なんで科学部に」

「本格的な機材を使って電気の研究できるのは科学部だけでしょ。電気のことを深く知るためには、この部が最適だったの」

ふと、昨日の東屋でのことが思い起こされた。

雨降りの空を閃光《せんこう》が塗《ぬ》り潰《つぶ》した時、どうして千歳さんが静かに東屋を出たのか。東屋に駆《か》け込んできて、すぐに濡れた体を拭いていたのに、わざわざ自分からまた外へ出たのか。その理由が、ようやくわかった。

「……千歳さん、本当に雷に打たれたいの？」

僕は尋ねた。

すると千歳さんは眉根《まゆね》を寄せ、

「言ってんじゃん」

◇

その日の放課後、漫研での活動（『アキミ』新号についての意見交換）を終えた僕は、池田と共に学校を出た。

肌に張りつく湿った風。朝からの晴天はこの時間になって曇天《どんてん》となり、今にも崩壊して雨を降らせそうだった。

僕と池田は、畳《たた》んだ傘《かさ》を片手に早足で歩いた。

聖《ひじり》ヶ《が》丘《おか》学園通りを行く道中、僕はなるべく何気なく池田に尋ねた。

「池田さあ、なんで千歳さんに僕のこと喋ったの？」

池田はふいとこちらを向いて、

「だって、訊《き》かれたから」

「向こうから？」

「そう。佐々木くんのこと教えてって」

池田は昼休みを思い出すように顔を上げ、

「いや、驚いたよ。なんで佐々木みたいなポンコツに興味があんのかって」

「お前は無礼だ」

「だから色々教えてあげたんだ。なんなの？　昼休みも一緒にランチしちゃって、お前らできてんの？」

「まさか」

「だよな。お前みたいな色白の雪国もやしが女子と付き合うだなんて夢物語にも程がある」

「お前は無礼だ」

歩行者用信号が赤に変わり、僕たちは立ち止まった。頭のてっぺんに雨の最初の一粒が落ちてきた感触があった。「急いだ方がよさそうだ」と池田が言った。

「千歳さんって、どういう人なんだろ」

僕はそれとなく言った。

「変わり者だって聞くけどね」

「そうなの？」

「友達もあんまいないっぽいし。つーかそれ以前に千歳さんって、一年中長袖のとっくりシャツやらセーターやら着てるじゃん。冬ならまだしも、真夏にも着てるんだよ、制服の中に。へンだろ」

「ものすごい寒がりなんじゃないの」

と言って、そうではないことに自分で気がついた。あの東屋で、千歳さんは「暑いのはダメ」と言っていた。

「体育の時だって、体操着の中に着てる」

「言われてみりゃそうだね」

「ヘンなのはとっくりシャツだけじゃない。これは妹に聞いたんだけど、千歳さんって中三の時に謹慎食らったことがあるんだって」

池田の双子の妹は、中学の時に千歳さんと同じクラスだった。そういえば当時、どこかのクラスの誰かがそんなことになったというような噂《うわさ》が巡《めぐ》った気がする。

「なんでも教師に暴力を奮《ふる》ったとか」

「それはすごいな……」

「俺も詳しくは知らないけど」

池田は小さく笑った。「千歳さんってひょろ長いから、リーチ活《い》かしたいいパンチ持ってそう」

信号が青に変わり、僕たちは歩き出した。

アスファルトに点々と黒い水玉模様が浮かんできて、甘くてべとつく雨の匂いが漂い始めた。

「じゃ、また明日」

「うん」

横断歩道を渡り切り、僕たちは各々《おのおの》の家路についた。

◇

自宅に帰り着いた僕は、店番をしている父に悟《さと》られないように裏手へ回った。

本降りになった雨が重々しい音を立てている。

「おや、伊地知《いじち》さんちのとこの。いつもお世話になってます。今夜はどんな御用で？」

「それがよ、うちのエアコンがヘンな音出し始めてよ、クーラーが効《き》かなくなったのよ」

「それは大変だ。明日お家《うち》に伺《うかが》います」

「頼むよ。んであと、ウィ〜フィ、つーの？　ネットの某《なにがし》も見てくんねえか？　孫とテレビ電話するのに必要だっつうんでよ。オレだけじゃどうやって扱えばいいのかわかんねえ」

「わかりました。そちらも合わせて見させて頂きます。料金はこれくらいで如何《いかが》でしょう？」

店先から、父と、客と思《おぼ》しき老爺《ろうや》の声が聞こえてくる。

僕は勝手口の前で傘を降って雨粒を剃《は》がした。

静かに台所へ入ったつもりだったが、接客を終えたのだろう、間の悪いことに父と鉢合《はちあ》わせてしまった。

「帰ったなら言え」

接客中とは打って変わり、父は落ち着いた声で言った。

「ごめん」

「メシは」

「宿題するから、後でいい」

「じゃあ、そこに置いておく。腹が減ったら勝手に食えよ」

父は冷蔵庫から緑茶のペットボトルを取り出して、店の方へと戻っていった。

僕は二階の自室へ行った。スクールバッグの金具につけた『交通安全』の赤いお守りが緩《ゆる》んでいたので、強く結び直してから机の脇のフックにかける。電気を点《つ》けて、窓の外に引かれた幾重《いくえ》もの雨の直線をカーテンで消す。制服を着替える前に机に着いて、ズボンのポケットからスマホを出し、部長に撮らせてもらった『アキミ』の投稿募集要項の写真を開いた。

漫画誌『アキミ』は、一年を通して原稿を募集している。〆切《しめきり》は毎月末日。将来性がありそうな新人には編集さんがつき、いけると判断されればいきなり連載権を貰えるらしい。

斎藤と同じように、僕は今年の夏休み、この投稿に挑戦しようと決心していた。

宿題に熱を上げるわけでも、受験勉強に打ち込むわけでもない。一年生というのは、高校生活において一番に自由で一番に空白な期間だと僕は思っている。クラスメイトたちは塾に部活に忙しそうだが、僕は別に進学を希望してはいないし、漫研なんてどうせ集まってもだらだらするだけだ。なら家に引きこもってずっと漫画を描いてやろうと思うのは当然だった。

僕は本立てから宇宙の図鑑を抜いて、中に隠してあるノートを机の上に広げた。続いて付箋《ふせん》だらけの『幻想動物辞典』を手に取って、読むでもなくぱらぱらとページをめくった。漫画の骨組みになる「ネーム」のアイデアを探して、でも一向に身が入らない。ペンを持っても、持っただけだ。

そのまま三十分が経った。

「お前さ。あの千歳って女子のことが気になってんだろ?」

いつの間にかベッドに寝転がっていたケルベロスの左の頭――『キバ』が、意地悪な声で言った。

「なってないよ」

僕は辞典に視線を落としたまま答えた。

「嘘《うそ》こけ。あの子はどんな夏休みを過ごすんだろうって思ってるくせに」

「思ってない」

「顔に書いてあんだよ。あ～あ、ただ昼メシ一緒に食っただけで恋しちゃったのかよ。感心するほどチョロいんだから」

キバは僕を馬鹿《ばか》にするように笑った。「お前、ハニートラップに気をつけた方がいいよ」

「あんまりからかってはいけませんキバ」

ケルベロスの真ん中の頭、『ガオ』が、冷静な声で言った。

「修司《しゅうじ》があの子のことを気にするのは当たり前です。生まれて初めて食事を共にした母親以外の女性なのですから」

「だとしてもだよ」

キバはつまらなさそうにガオを見た。

「人生百年時代、たったそんだけのことでいちいち恋に落ちてたら、この先身が持たねえぞ」

「ボクはいいと思うけどなあ」

今度は右の頭の『モグ』が、のんびりした声で言った。

「人を好きになるのは、とっても素敵なことじゃない。恋ってのは、日々に虹を架《か》けてくれるものなんだよお。だから修司だって、恋はたくさんした方がいいよお」

「よせって、モグ」

キバはモグを睨んだ。

「何が虹だよ、気持ちわりぃ。鳥肌立ちすぎてそのまま鳥になってどっかに羽ばたいて行っちまいそうになっちゃったよ、この自惚《うぬぼ》れワン公め」

キバは「ああやだやだ」と首を振る。モグは、「そんなに言わなくても」と、しょげた。

「言いすぎですよ。モグに謝りなさい」

「やだね。本心を隠さないのが俺のモットー」

「ちょっと、喧嘩《けんか》するなら出てってくんない？」と僕。

「キバ。私たちはそれぞれ別の自我を持っていますが、体と命はひとつの運命共同体ではありませんか。モグの感じるストレスは私たちにも返ってくるのですよ。いたずらに喧々《けんけん》すべきではありません」

ガオはたしなめるように言った。「それに、私もモグと同感です。恋とは実に素晴らしいものなのです」

「俺は恋を否定してるんじゃなくて、簡単に落ちるべきじゃないって言ってんだ」

「落ちてしまったものは仕方がありません」

「じゃあなにか、目の前ででけえメロンパン齧《かじ》られただけで恋しちゃう気持ちがお前にはわかるって？」

「わかりますね。キバ、あなたには繊細さというものが足りません」「なんだこの尻軽《しりがる》め」「尻軽という言葉は男性に向けては使いません」「女性蔑視《べっし》はよくないよお」「どうして俺の周りにゃ軟弱な奴《やつ》しかいねえんだ」「ケンカはよしてえ」「モグ、きみその出てるのは鼻毛ですか？」

「あのさあ」

僕はとうとう我慢《がまん》できなくなって、やんやと言い合うケルベロスの方を向いた。

「やかましいんだけど。静かにしてくんない？」

「お前の恋について真剣に考えてやってんだろ」

「そもそも恋なんてしてないっての。勘違いで的外《まとはず》れな議論を始めるのはやめてくれ」

僕はため息をついて、再び机に向かった。

「漫画の構想を練ってるんだから、黙っといて」

「一向に筆が進んでないように見えるが」

キバが嫌味っぽく言った。

「描いてないだけで、頭の中では出来てきてる」

「そうかい」

キバは「ふあーあ」と欠伸《あくび》をした。それに釣《つ》られて、ガオとモグも大口を開けた。

「いい加減、さっさと俺たちを主人公にした物語を始めてくれよ。俺たちは勇者と一緒に悪の皇帝を倒すんだろ?」

「わかってるよ。待っとけって」

「そのセリフも耳タコだ」

「この夏休みに必ず仕上げる」

「口ではいくらでも言えるもんさ」

僕はムッとして席を立った。

「どこ行くのお?」と、モグの声。

僕は答えずに部屋を出た。

◇

僕は一階で父が用意してくれていた食事をとり、風呂へ入った。

風呂から上がると、具合のいいことに少し雨が収まっていた。僕は閉店作業をしている父に「コンビニ行ってくる」と声をかけ、傘を持って勝手口から外へ出た。

すぐそこの道路を走る車が雨を轢《ひ》く音を立てる中、僕はコンビニへは行かず、家の裏手にある空き地へ向かった。

幼稚園の庭ほどの暗い空き地には誰もいない。奥に建つ一本の古い街灯が、申し訳程度に闇《やみ》を拭《ぬぐ》っている。その橙《だいだい》色の明かりに、誰が捨て置いたのかわからない廃車の屍《しかばね》たちが寂しく照らされていた。

僕は空き地の隅にある、頭から茶色い絵の具をかぶったようにサビたビートルの裏へと歩みを進めた。

ここは土むき出しの味気ない空き地だけれど、多くの廃車によって道から死角になっているこのビートルの周囲にだけ、なぜかコンクリートが敷いてある。ひび割れだらけのボロボロのコンクリートで、蜘蛛《くも》の巣のように走る亀裂《きれつ》に、所々雑草が根差している。街灯の明かりがぎりぎり届く範囲にあって、雨露《あまつゆ》に濡れた地面がとろけるように光っていた。

僕は、このコンクリートの亀裂を穿《ほじく》ることが無性に好きだった。中一の時にここを発見してから今日に至るまで、僕はふとした時にここへ出向いて亀裂を穿《ほじ》った。こだわりとして、道具は使わない。己の指だけで亀裂をいじくって、割れたコンクリートの破片がパズルのピースみたいに「ぼそっ」と取れる瞬間が何より快感だった。そして取れた破片は、ドアの取れたビートルの車内、破れてカビた運転席のシートの下に収集する。時間をかけて貯まっていくその欠片《かけら》を、僕は宝物のように思った。

どうしてこれが好きなのかというと、その理由は僕にもよくわからない。ただ、かさぶたを剝がしている感覚に近いと思う。しちゃいけないけど、してしまうこと。よくないけれど夢中になってしまうこと。これは漫画以外で熱中することのできる僕の大切な時間であり、僕の秘密の趣味だった。

僕はしゃがみ込んで、ここまで進めていた亀裂の拡大を始めた。

カリカリ、カリカリと人差し指と中指の爪で亀裂をえぐる。すると、その亀裂にはまっている割れた破片がぐらぐらする。これをしている時が、僕は一番安らいでいる。

「悪かったよ」

作業を始めてしばらく、背後からキバの声がした。

「さっきは、ちょっと言いすぎた」

「気にしてないよ」

僕は振り向かず、亀裂を穿りながら答えた。

遠くで救急車のサイレンが鳴っている。

「修司。何でも言えよ」

キバは言った。

僕は振り向いた。

雨に濡れたケルベロスのみっつの頭は、それぞれの耳を後ろに倒して、しゅんと項垂《うなだ》れていた。

その様子がおかしくて、僕は思わず笑った。

「気にしてないって」

僕が言うと、みっつの頭はパッと顔を上げ、ひたひたと僕の隣に来て座った。そうしてみっつの頭は、僕の手元をじっと覗き込んだ。

ケルベロスに見守られながら、僕は亀裂から大物の破片を穿り出した。

◇

千歳さんに科学部へ勧誘されてから二日、あれから彼女は僕に声をかけてこなかった。嫌《いや》がる僕の態度を見て諦《あきら》めたんだろうか。いや、別に期待していたわけじゃないけれど。

でも、まあ、なんとなく気になるので、僕は千歳さんをそこはかとなく観察することにした。

千歳さんは僕より前方の席、それも角度的に見えやすいところにいるので、授業中は簡単に様子を窺《うかが》える。彼女は、ボーッと窓の外の雨空を眺《なが》めていることが多かった。背が高いのでボーッとしているのが目立つのだろう、よく先生に注意をされた。また、暑いのか、よくハンカチでぺたぺたと顔や首を拭いていた。

休み時間になれば、普通に友達とおしゃべりをしている。池田は「千歳さんには友達がいない」と言っていたが、そんなことはない。みんな彼女を嫌うこともなく、気さくに話しかけている。彼女もまた笑顔《えがお》で、違和感なくみんなと付き合っていた。

けれど、ふとした時、彼女はよくひとりぼっちになっていた。

仲間外れにされたひとりぼっちじゃない。彼女は自分から望んで、友達の輪を出ていた。昼食に誘われれば嬉しそうに加わるし、イケメンの話題でわーわー騒ぐし、自撮《じど》りのカメラを向けられればすかさずダブルピースを決める。でも、誰もが気づかないタイミングに、彼女はひとりでいる。そして、なんにも寂しそうじゃない。そうして彼女は渡り鳥のように、教室内にできているグループからグループへ、自由気ままな旅をしていた。

どこにも属さず、どこにも留《とど》まらない。それでいて邪険にされたり嫌われたりしないのは、彼女が絶妙な距離感でみんなと付き合っているからだろう。

彼女は多弁だし、よく笑うけれど、心から何かを言っているわけじゃないし、心から笑っているわけでもない。と、思う。見ていて、そんなふうに感じる。誰とでも打ち解けているようで、誰も信頼していないような、ちょっと不気味な雰囲気《ふんいき》があった。

同じクラスながらこれまで気にも留《と》めていなかった彼女に意識を向けてみると、だんだん色々なことがわかってくる。

「変わり者」という池田の言葉が思い起こされた。

まさしくそうだと僕は思った。

◇

七月も十八日を過ぎ、明日から夏休みが始まる。

午前中のうちに終業式とホームルームが終わり、僕たちは晴れて自由の身になった。歓喜の声が弾《はじ》ける先生のいない教室で、僕は静かに通知表を閉じた。池田が「どうだったの」と通知表を奪《うば》おうとしてくる。僕は池田をいなして席を立った。

「帰んの?」

「漫研寄ってく。漫画借りたい」

僕はバッグを背負った。「池田は?」

「めんどくさいことに、これから法事」

「じゃ、今日はこれでだな」

「ああ。またＬＩＮＥするよ」

僕はひとり教室を出て、隣のＢ棟にある漫研へ向かった。

階段を下り、一階の渡り廊下を行く。青空は眩《まぶ》しく、雲の流れが早い。ついさっき上がった雨が、そこら中に水たまりを作っている。向こうに見えるグラウンドでは、気の早い運動部が走り込みを始めていた。

地上に出たばかりで遠慮《えんりょ》がちなセミの鳴き声が聞こえた。

吹く風に雨の輪郭《りんかく》が乗っていた。

夏の匂いがして、僕は少しわくわくした。

夏休みだ。

漫画を描き切るという目標はあるけれど、例年と特に変わり映《ば》えのない夏休みになるだろう。それでも夏休みというものには、問答無用で人の心を躍《おど》らせる魔力がある。僕はなんとなくいい気持ちで渡り廊下を歩き切って、二階にある漫研を目指した。

階段を上った先の踊り場で、「佐々木くん！」と下から呼ばれた。

千歳さんの声だ。

振り向くと、千歳さんが階段を上ってくるところだった。彼女は「すぐにいなくなるんだか

ら」と言い、僕の前で少しだけ息を整えて、

「あの話、考えてくれた？」

「あの話？」

「科学部に入ってって話」

僕は驚いた。その話はまだ生きていたのか。てっきり千歳さんはもう僕に興味がなくなったものだと思っていた。

「それで、入ってくれる？」

千歳さんはにこりと微笑《ほほえ》んだ。「考える時間いっぱいあったよね」

そう言われても、僕はきちんと断ったはずだし、だいたい「考えといて」とも言われていないような気がする。

「いや、あの。誘ってくれたのは嬉しいよ」

「うんうん！」

「でもさ、僕、今年の夏は……」

「うんうん」

「前も言ったけど、ちょっと、なんていうか……」

「うん」

「やっぱり、その、やりたいことを優先したくて……」

「……」

千歳さんの微笑みにだんだんと雲がかかってきた。

「だから、申し訳ないんだけど、あのさ……」

「……」

「……やっぱり、む」

「ノー!!」

千歳さんは手のひらで僕を制すようにして、

「その先はノー」

「はあ」

「あのさ、佐々木くん。ほんと、ほんと一生のお願いだから」

「お願いされても……」

「考えてみて。一生のなんだよ？　一生のって、命を懸《か》けてのお願いなんだよ？」

「わかるけども……」

千歳さんはスッと真顔になって、

「……決心は固いのね」

僕はためらいがちに頷いた。

千歳さんは「は～あ」とこれ見よがしにため息をついて、

「ちょっと来て」

突然、僕の持っていたバッグをむんずと奪い取った。

「あ！」

千歳さんは僕を置いて、ずんずん階段を上っていく。僕はサッと血の気が引くのを感じた。他の何をダシにされてもいい。ただ、そのバッグだけは駄目だ。そのバッグには、母の形見のお守りがついている。

僕は彼女を追いながら「返して！」と言った。彼女はまるで聞く耳を持たない。

◇

千歳さんはそのまま一度も振り返ることなく、僕のバッグを持って三階の科学部の部室へ入っていった。

僕は科学室の前で、ばんばんカーテンを開いて窓を開け放っていく千歳さんを見ていた。部員がいてもよさそうだけれど、室内には誰もいなかった。

「入って」

全《すべ》ての窓を開け終えて、千歳さんは言った。

じめっとした風が吹き込んで、温《ぬる》い部室内の空気をかき混ぜる。窓の向こうに夏休みの青空が広がっている。僕は言われるまま、すごすごと近くの席に座った。

千歳さんは僕のバッグを持ったまま、窓の外のプールを見た。「いないや」と呟いて、僕に向き直り、

「気持ち変わった？」

「変わらないから、バッグ返して」

「科学部入ってくれるなら返すよ」

「だから、僕なんかが入っても千歳さんの力にはなれないって」

「いや、佐々木くんには力はある。電器屋の佐々木くんが入ってくれたら百人力」

千歳さんは、僕をまっすぐ見つめた。

その瞳《ひとみ》に気圧《けお》されて、僕はうつむいた。

彼女がどうして僕にこだわるのか、よくわからなかった。

無言の時が流れて、カーテンがそよそよと揺れた。

「……どうしても嫌？」

千歳さんはつかつかと僕の許に来た。

そして、

「じゃあ、科学部に入ってくれなくてもいい」

僕にバッグを差し出して言った。

「私の自由研究を手伝ってください」

僕は顔を上げた。

教室で友達と喋っている時と違って、千歳さんは真剣な表情をしていた。

「……自由研究って、えーと、科学部の？」

「うん」

千歳さんは真面目《まじめ》な声音《こわね》で答えた。

「私、この夏休みのうちに避雷針《ひらいしん》を作りたいの」

ハハハッ！　と、僕の隣に座っていたケルベロスのキバが笑った。

「……避雷針？」

そんなもの作ってどうするの、とは思わなかった。

だって、どうするのかわかっているからだ。

「そこに雷を落とすの？」

「そう」

千歳さんは、顔の前でぱんと両手のひらを合わせた。

「お願い。佐々木くんが手伝ってくれたら、きっと立派な避雷針ができるから」

◇

家に帰った僕は、早々にベッドに寝っ転がった。

がんがんにクーラーを効かせて、うつ伏せでスマホとにらめっこする。YouTubeを開いて、『雷』と検索する。

画面にずらずらと雷のサムネが並ぶ。『雷、一億ボルトの巨大エネルギー』、『雷の音でリラックスする動画』、『美しい稲光の数々』……。

とりあえず僕は、一番上に出てきた『衝撃！目の前に落ちる驚愕《きょうがく》落雷集』の動画を見てみた。

画面左に、緑の屋根の大きな家が映っている。五秒ほどその画《え》が続いたところで、突然、赤い光と爆音が画面中央で炸裂《さくれつ》した。すると家の前に立っていた木が竹のように縦一直線に割られ、ドサドサと枝葉を降らせた。文字通り木っ端微塵《こっぱみじん》になった木の破片が辺りに注ぎ、「Oh my God!!」という叫び声が聞こえた。一撃を喰らい崩壊した木は、天を衝《つ》く巨大な針のようになってしまった。

次もまたすごい。ベランダから曇り空を撮っている映像が、一秒だけ真っ白に塗られて何も見えなくなった。と思ったら、まばたき半個分の早さで目前に電気の塊が落ちてきた。ドンという音と共に火花が上がり、やがてそれは炎になった。

僕は動画を閉じて仰向けになった。

当たり前だけど、こんなの喰らったら死ぬと思う。

なのに千歳さんは「雷に打たれたい」と言う。

もしかして、彼女の言っている「打たれたい」というのは「間近に観測したい」ということなんだろうか。

そう思ってみると、そうとしか思えなくなってきた。だって、本当に打たれたら死んでしまうわけだから。仮に、万が一、千歳さんが「死にたい」と思っているのなら、いちいち雷に打たれるなんて面倒なことをしなくても、高いところから飛び降りればいい。ロープで作った輪っかに首根っこからぶら下がればいい。閉め切った部屋で七輪で焼き肉をすればいい。

落雷を近くで見たいというのなら、僕も興味がある。

動画で見た稲妻は、毛羽立った光るヘビのように見えた。そのヘビをこの目で見るということは、僕が描こうとしている漫画にとって役に立つんじゃないだろうか。『幻想動物辞典』にも載っている、落雷と共に落ちてくるという怪獣「雷獣《らいじゅう》」の参考になるんじゃないだろうか。

「百聞は一見に如《し》かず」というように、動画で見るのと実際に見るのでは、大きく印象が違うはずだ。

かの手塚治虫《てづかおさむ》先生も言っていたらしい。「インプットがないのに、アウトプットはできません」

漢画家は、想像力を使う仕事。

その想像力を育てるものは、なにより自分の体験だ。

「そういうことなら、あの子に力を貸してあげてもいいと思うよお」

伏《ふ》せていたケルベロスのモグが、顔を上げて言った。「雷属性の技を描写する役に立ちそうだねえ」

「漫画の取材という名目でなら、漫研の人たちにも言いやすいでしょう」

今度はガオ。

「つーかよ、避雷針作りだなんてめちゃくちゃ面白そうじゃねえか。そんなもん自由研究で作る高校生なんていねえぞ」

キバは愉快《ゆかい》そうに言った。

「修司が手伝うって決めたなら、あの子、きっと喜ぶぜ」

僕は意を決してスマホを手に取った。

今日、LINEに追加された友達リスト唯一《ゆいいつ》の女子の名前を一分見つめて、また一分見つめて、一分見つめて、二分見つめて、深呼吸して、タップした。

◇

夏休み初日は、気持ちのいい晴れだった。

明け方までは大雨が降っていたようだけど、朝八時に窓を開け放つと、澄んだ青空と膨《ふく》れ上がった入道雲が見えた。心なしか、昨日よりセミの声も増えた気がする。どこか水っぽい空気に、梅雨《つゆ》明けの兆《きざ》しが満ちていた。

僕は父と朝食を済ませ、身支度を整えた。父にばれないよう、薄暗い店内を抜き足差し足、商品棚にある白熱電球を一個拝借した。そのまま静かに家を出ようとして、台所で父に呼び止められた。

「おい」

ドキリとしつつ、電球を後ろ手に持って振り向き、

「なに?」

「部活か」

「うん」

「何時に帰る」

「たぶん、十五時までには」

父はぼりぼりと頭を掻《か》いた。

「じゃ、昼メシはいらんな。今日の夕食当番お前だぞ」

「わかってる。帰りに西友《せいゆう》寄って何か買う」

僕は電球を素早くバッグに入れて、昨日から置きっぱなしだった靴を履いた。

「玄関から入れっていつも言ってるだろ」

「ごめん」

僕は勝手口の扉を開いた。

「待て」

振り返る僕に、父は封を切っていない飴《あめ》の詰め合わせを投げて寄越し、

「頭を使うと糖分が欲しくなるだろう。パソコン部のみんなで食べなさい」

僕は父と目を合わせられないまま頷き、家を出た。

◇

九時半頃に学校に着き、僕はB棟へ向かった。

早めに来たつもりだったけど、校舎には多くの生徒がいた。せっかくの休みなのにみんな部活に熱心だなと思って、そうだ、夏休み前半は補修生もいるんだったと気がついた。

上履《うわば》きに履き替えて、科学室を目指す。

廊下の窓から夏の影が差している。遠くから調子を外した管楽器の音が響いてくる。グラウンドからは野球部のシャーシャーという大声。いつもの放課後と同じなのに、夏休みというだけで、なにかが違うように感じる。

科学室は三階だけれど、僕は二階の漫研の前を通ってみた。

扉の向こうはシンとしていて、誰もいないようだった。

斎藤でもいれば調子が出るのにと思ったけれど、残念。

僕は観念して、科学部へ行った。

鍵のかかっていない扉を開けると、もう千歳さんがいた。彼女は窓の桟《さん》に寄りかかってカーテンの隙間から外を見ていた。晴れた日の午前中なのに電気が点いているのは、全ての窓にカーテンが引かれたままだからだ。

千歳さんは僕に気づいて、「おはよう」と微笑んだ。

「来てくれてありがとう」

僕と千歳さんは、手近な机の対面の席に着いた。

「昨日、佐々木くんからＬＩＮＥが来た時は嬉しかったな〜。なんで急に協力しようと思ってくれたの？」

「僕も雷が落ちるところを見てみたいから」

「あ、わかる。映像と本物はまるで違うってやつね」

千歳さんは腕組みをして、うんうんと頷いた。

「ところで、他の部員は？」

「今日はみんな、多摩川《たまがわ》に魚捕まえに行ってるよ。私は残った。今のうちに計画を立てようと思ってね」

「部員には言ってないの？　避雷針を作ること」

「言ってないよ」

千歳さんは当たり前のように言った。「怒られるもん、絶対」

「……あのさ。気になってたんだけど、避雷針ってどうやって作んの？」

「それはね」

千歳さんは、机に置いていた自分のバッグからリングノートを取り出して広げた。ノートには避雷針と思しきものの設計図が描かれていて、その下に細かな字でメモがあった。

「千歳さんが描いたの？」

「もちろん」

「すごい緻密《ちみつ》」

「ふふん。見せかけじゃないよ」

千歳さんはニッと笑って、

「ほら、設計図のここ見て」

逆さにしたマイナスドライバーのような避雷針のてっぺん、尖《とが》っている部分を指差した。

「これは先端の鋭い導電体。で、この針の下の部分は、抵抗値の少ない素材。まず先端に雷を落として、そこから下へ伝うように電気を流して、最後に地中に逃がす。それが避雷針」

千歳さんは顔を上げた。「仕組みは簡単でしょ」

「なんとなくわかる」

「雷を避ける針って言うけど、ほんとはあえて雷を落とす『誘雷針《ゆうらいしん》』なんだよね。雲の中で溜《た》まった電気をこの針で逃してあげて、他のところに落雷しないようにする。避雷針っていうのは人目線での名前なわけ」

たくさん調べたのだろう、千歳さんの口調はすらすらしていた。

「で、どうやって作るのかっていうと、まず長〜い棒がいるわけね。雨とか風にも耐えられるステンレス製とかチタン製とかので、全形に導線を通すの」

「うん」

「そんでね。棒は私がなんとかするから、佐々木くんには導線をめちゃくちゃ用意してもらいたいんだ。お家にない？」

「お家？」

「電器屋さん」

「ああ」

導線なんかあったかな、と思う。

「ネットで注文する手もあるけどさ、もしお母さんに見つかったら説明がめんどいじゃん？だから佐々木君に頼みたくて。もちろん、責任持ってお金は払うから。ただ、今は手持ちがなくて、前借りさせてほしいの」

「一応父さんに聞いてみるけど、期待しないでほしい」

「ありがとう！」

千歳さんはパンと手を合わせた。

そこで僕はふと気になって、バッグから白熱電球を取り出した。

「ＬＩＮＥで言われた通り持ってきたよ」

「あ、ないす！」

「なんで電球なんか欲しかったの？」

千歳さんは僕から電球を受け取ると、「ふっふっふ」とわざとらしく笑った。

「今日はね、これを使ってもっと佐々木くんに電気を好きになってもらおうと思って」

千歳さんは席を立ち、なにやら棚をごそごそと探って、セロテープと百円ライターを持ってきた。バッグからニッパーを出して、それをカチカチさせながら、

「今からここに、雷を起こします」

「え？」

僕はびっくりした。「そんなことできるの？」

「できるんだな、それが」

千歳さんはライターを振ってオイルが入っていないのを確認し、ニッパーでパキと割って中から筒状の部品を抜き出した。「これは圧電素子《あつでんそし》って言って、エネルギーを電圧に変換する装置だよ。つまりライターのスイッチ」。その圧電素子とやらの導線の先端の皮膜《ひまく》もニッパーで剝がして、電球のおしりに繫《つな》ぎ、テープで固定した。

「はいできた」

それから千歳さんは、室内の電気を切った。午前中とは思えないほど薄暗くなった中、彼女はこちらへ来て、僕の座っていた席をどかした。

「しゃがんで、この机の下に入って」

「なんで」

「いいから」

仕方なく、僕は机の下の暗がりに体を入れた。すると、千歳さんもしゃがんだ。

暗い机の下、すぐ隣に千歳さんの顔がある。正体不明のいい香りがして、たちまち左胸が跳《は》ね上がった。「ほら」と千歳さんがささやく。「見てて」

千歳さんは、カチ、と、圧電素子を押した。

すると、彼女の手のひらの上にある電球の中に、紫色の電流が走った。

「わ」と、僕は思わず声を上げた。

「今のが雷だよ。雷の赤ちゃん」

千歳さんがカチカチと圧電素子を押す度に、美しい紫色の電流が生まれる。僕はその電流に見惚《みほ》れた。まるで新種の生き物のようだった。

「佐々木くんもやってみる？」

千歳さんは、僕に電球を手渡した。

僕は彼女がしていた通り、電球を手のひらに載せ、圧電素子を押した。

瞬間、ビリッとした痛みが電球を摑《つか》んでいる指に走った。「ダッツ！」と僕は叫び、飛び上がるように身を起こして机の底に頭を強打した。

僕はほうほうのていで机の下から這《は》い出た。千歳さんはゲラゲラ笑いながら出てきた。

「電球の金属のとこ触《さわ》っちゃったんだよ」

千歳さんは涙を拭いながら言った。「ねえ、ダッツって何？　ハーゲン？　ハーゲンなの？」

痛みではなく恥ずかしさで頭がポッポして、僕は顔を上げられなかった。

「頭ガーンなったけど、大丈夫？」

「平気」

「ごめんごめん、言わなかった私が悪い」

千歳さんはひとしきり笑って、

「でも、凄《すご》く綺麗《きれい》だったでしょ？　雷」

僕は小さく頷いた。

「ほら。電気、好きになった？」

「……別に？」

「ふうん？」

千歳さんはにやけて「じゃあ、この夏休みで好きになってもらおう」と言った。

◇

実験を終え、千歳さんは改めて僕に避雷針制作のスケジュールを説明した。

彼女の計画によると、まず八月十五日までに避雷針を完成させる。その後はほとんど運に頼る。スマホで逐一情報を仕入れて、ちょうどよくこの多摩《たま》近辺に雷雲が来そうなら避雷針を持って出かける。

「多摩近辺じゃないといけないの？　雷雲が来そうな場所がわかったら、先回りして、あらかじめそこに立てておけば？」

「避雷針持って電車になんか乗れないよ。それに遠征しても土地勘ないし、どこに立てればいいのかわかんない」

「雨の通り道に立てるんじゃ駄目なの？」

「避雷針っていうのは、二十メートル以上の建物に設置しないと意味ないの。むやみに立てたって、結局、高い建物に落ちちゃうんだよ。だから、この多摩の高地に雷雲がかかった時の出動が望ましいわけ」

「高地って？」

「この辺りだったら、すぐそこの桜ヶ丘公園かな。あそこ元々山だったし」

僕は不安になった。

「そんなにうまくいくもんかな」

「大丈夫。温暖化のせいで最近の雷雲は発達までが一瞬だからしょっちゅう生まれてるし、特に今年の夏は例年にないくらい暑いって言うし。ほら、生物の校外学習の時もそうだったじゃん。まったく予兆ないのにゲリラ豪雨あったでしょ？」

千歳さんは自信ありげだった。「早いうちに避雷針を仕上げておけば、きっと多摩にもチャンスが巡ってくる」

「それでも、もし雷雲が来なかったら？」

「いや、来る。来るよ」

千歳さんは妙に真面目な顔をして言った。でもすぐにパッと表情を明るくして、

「あ、ほんとは避雷針を勝手に立てるのってダメだから、みんなには内緒《ないしょ》ね」

「え」

「生涯に～、一つの秘密、レモンの木～」

千歳さんは誰かの俳句を詠《よ》むようにそう言って、胸の前で両こぶしを握り「ドキドキする～」と鼻息を噴いた。僕はドキドキというか、簡単に見つかって大目玉を喰らうんじゃないかとハラハラした。

そうして僕たちは、明日から本格的に避雷針の製作に取りかかるための算段を立てた。今後は科学部が科学室を使うので、僕たちは裏庭の大きな楠《くすのき》の木陰で製作をすることにした。裏庭には体育倉庫があるので避雷針を隠しておくのにうってつけだし（ブルーシートをかぶせておけばそうそう怪しまれない）、その脇には園芸部のリヤカーも停まっているので、ちょっと借りれば運搬も楽ちんだ。

「予定の確認もできたし、今日はひとまずこれで解散にしよっか。明日からよろしくね」

まだ十二時だったけれど、僕たちは帰ることにした。

途中に漫研を覗いてみるも、やっぱり誰もいない。みんな夏休み初日はたっぷり朝寝を決め込もうという腹なんだろう。

校舎を出ると、朝から降っていた雨が上がり、瑞々しい青空が広がっていた。水色の風は速く、上空に盛り上がる綿の塊のような雲を押している。カーンと注ぐ日光が、雨に濡れた風景を鮮やかな夏の形に現像していた。

校門を出ようとしたところで、「お腹すいたな」と千歳さんは言った。「もうお昼かあ」

ふと思い出して、僕は父に貰った飴を千歳さんにあげた。

「ありがとう」

千歳さんはむぐむぐと飴を食べて、

「うま。これ何味？　梅？」

「えーと……梅レモン？　途中で味が変わる」

「へえ、初めて食べた」

でも飴ごときでは千歳さんの腹の虫は治まらなかったようで、彼女は学校の敷地内にあるコンビニへ寄りたいと言った。「せっかくだからイートインでお昼にしない？」と言う。僕と彼女は弁当を買ってコンビニで食べた。

昼食を終え、コンビニの前で店内のお手洗いに行った千歳さんを待っていると、同じ高校の生徒たちがやってきた。みんな大人びていて、とてもガタイがいい。運動部の先輩かな、と僕は思った。

その時、ガリガリ君を持った千歳さんがコンビニから出てきた。

千歳さんは僕に「ほい、今日のお礼」とガリガリ君を差し出した。そしてすぐ、近くにいる生徒たちに気づいたところで、

「あれ、千歳？」

生徒たちのひとり、がっしりした短髪の男子生徒が手を上げた。

「き」

千歳さんは、たちまちどぎまぎした。

「岸《きし》先輩」

岸先輩と呼ばれた男は、にこやかに千歳さんの許にやってきて、

「なにしてんの？」

と、すぐに隣の僕に目を留めて、

「え、デート？」

「違います！」

千歳さんは大声を出した。

「ただのクラスメイトです！」

「ふうーん？」

千歳さんよりも背の高い岸先輩は、僕の顔をしげしげと見た。

「クラスメイトねえ」

「いやほんとだから！」

千歳さんが顔を真っ赤にして言うと、岸先輩はハハハと笑った。

「先輩こそ、もう部活終わったの?」

「今日はミーティングだけ。まだプールに水入ってないからな」

他の生徒たちが「おうい」と岸先輩を呼んだ。「おう」と岸先輩は応じて、

「じゃあな、千歳」

コンビニの中に入っていく岸先輩を、千歳さんは小さく手を振って見送った。

そして千歳さんは、早足で歩き出した。僕は慌ててその背を追う。

千歳さんは僕へのお礼だと言っていたガリガリ君の封を開け、がしゅがしゅと自分で食べ出した。「あー暑い」と呟き、彼女はしゃんと伸ばした背中から「何も聞くなよ」という刺々《とげとげ》しいオーラを噴出しながら歩いた。だから僕は黙って彼女についていった。

会話のないまま聖ヶ丘学園の交差点に来て、彼女は立ち止まり、いきなりオーラを引っ込めてうつむいた。そのままだんまりしているので、何か声をかけなきゃと思った時、

「……私さあ、」

彼女が口を開いた瞬間、通りかかったトラックが車道の水たまりを踏んだ。

勢いよく跳ね上がった水しぶきを、千歳さんはドバアと派手に浴びた。「あ」と声を出す暇もなかった。トラックは水たまりを踏んだことに気づいていないようで、何事もなかったようにそのまま左折していった。

全身びしょ濡れになった千歳さんは、前髪からぽたぽたとしずくを垂らして立ち尽くした。

「あの……。大丈夫？」

僕は恐る恐る声をかけた。

千歳さんはしばらく立ち尽くしていたけれど、ふと、とても小さな声で、

「……取れ……」

「え？」

「いや」

千歳さんはため息をつき、がっくりと肩を落とした。

「私さあ、ついてないんだよね」

「僕、タオル持ってるよ」

「いい」

千歳さんは両手のひらで顔を拭い、「また明日」と言って、てくてくと歩いて行ってしまった。彼女の濡れた足跡が歩道に続いていく。

◇

夕食を終え、自室で『幻想動物事典』を呼んでいると、千歳さんからＬＩＮＥが入った。

『今日はありがとう。ヘンな感じで帰ってごめんね』

僕は三十分ほど考えて、ようやくいい塩梅《あんばい》の言葉を返した。
それから僕は、冷えたポカリのペットボトルを持って、空き地へ行った。
夏の虫が鳴いている。風はやっぱり温い。明るい街のせいで星は見えない。
僕は無心で、コンクリートのひび割れを剝がしていった。
時間が経つにつれ、ひとつ、ふたつと欠片が僕の傍《かたわ》らに重なっていく。
中でも大きな欠片を取り出そうとして、僕は亀裂に右人差し指を突っ込んだ。
徐々に力を込めている最中、針で刺されたような小さな痛みを感じた。
亀裂から指を出してみると、爪の白いところが縦に欠けていた。
僕は、欠けた爪を街灯にかざして見つめた。
琥珀《こはく》に包まれたように照る爪から目が離せず、しばらくそうしていた。
何も言わず、ケルベロスが僕を静かに見守っていた。

第2章

『今年はエルニーニョ現象の発生により、八月は例年よりもグッと暑くなりそうです。適度な水分補給を心がけ、熱中症に十分お気をつけください。また、積乱雲が発生しやすくなっていますので、急な雷雨にもご注意ください』

七月下旬、天気予報士はきたる夏本番に向けて連日の警鐘《けいしょう》を鳴らしていた。

千歳さんとの避雷針作りが始まった、高校一年生の夏休み。

僕は彼女に頼まれた通り、店にある導線（洗濯機などに使うⅣアースコード）をありったけ用意した。当然、「くれ」と言って「はい」とくれるほど父は優しくはないので、僕はワコムのペンタブを買うために密かに貯めていた虎の子のお年玉貯金をはたいて、導線を大量に注文してもらった。

「こんなもん、なんに使うんだ」

「……パソコン部の実習で」

「そうか」

父は山のような導線を抱える僕を訝《いぶか》しんだが、僕の返答に納得《なっとく》したように頷いた。

導線が到着したことを知らせると、千歳さんはたいへん喜び、「私も頑張らなくちゃ」と息巻いた。彼女は導線を通す棒を集めるためにバイトを始めたらしい。てっきりその給料で棒を

買うのかと思っていたけれど、

「給料っていうか、普通に働いてたら勝手に溜まっていくんだよね」

なんと彼女は、多摩カントリークラブのゴルフキャディになっていた。

「キャディなら、へたっぴなおじさんたちがバキバキ折りまくるゴルフクラブをタダで貰えるってわけ。クラブのシャフトってのは、だいたいチタン製とかステンレス製なの。たまにいるお金持ちはカーボンナノチューブの使ってるけどさ、まあそれもギリ導電体だし、避雷針の材料としたらこの上ないんだよ」

そうして死んだクラブをひたすら集め、雷が落ち得《う》る高さにまで繋げて中に導線を通すというのが千歳さんの計画だ。

「といっても、誘雷針として機能する太さにするまではたくさんのクラブが必要なんだけどね。私の計算ではだいたい七、八十本くらいいる」

「そんなに集まるの?」

「きっと集まる。私、ラウンドだけじゃなくて隣の打ちっぱなしにも仕事に行くし、お給料も即日払いで貰うから、佐々木くんにお金を返し終えたら買い足していく」

どうしてそんなに一生懸命に避雷針を作りたいのか——雷を見たいのか、僕はとても不思議だった。せっかくの給料を、成功するかもわからない自由研究のために使っていいんだろうか。もっと他に、服とか、コスメとか、友達との交遊費とかに使わなくていいんだろうか。

でも、一途に頑張る千歳さんを前にして「それでいいの？」とは尋ねられなかった。

僕は漫研、千歳さんは科学部。午前中は各々の部活をし、午後から裏庭に集合してせこせこと避雷針を作るのが僕らのルーティーンになった。彼女が持ってきたクラブのヘッドを糸ノコで切り落とし、カッターでグリップも外してから、シャフト部分を導電性のアルミテープで繋ぎ合わせていく。具合のいいことにシャフトは空洞になっているので、あとはそこにひらすら導線を通していく。

「単純作業で内職みたい」

「佐々木くん、内職したことあるの？」

「昔、母がやってた。ＭＤの部品をピンセットでつまんで検品するやつ」

「時代を感じるね」

「それが、ものすごくチマチマした作業で。母はストレスでチョコレートを食べまくってたんだけど、ある日、そのチョコの懸賞で五千円当たっちゃってさ。『こら内職よりも割がいい、やってられるか』って、部品ひっくり返して辞《や》めた」

「あはは！」

午後三時には作業を終えて、僕たちは途中まで一緒に帰る。千歳さんのバイトがある日は活動しない。夜な夜なＬＩＮＥでやり取りなんかもしない。あったとしても『明日、活動で』『了解』という二言のメッセージで終わる。そうして僕たちは奇妙な距離を保ったまま、カメの歩幅で避雷針の製作に励んだ。

やがて長い梅雨が空け、八月に入った。

連日ピーカンだったのはわかるけど、千歳さんは八月三日にしてもう真っ黒けっけになっていた。ここ最近、彼女は連日キャディの仕事に入っている。日焼け止めを塗ってはいるが、体質的に日焼けしやすいらしい。ちょっとペースを抑えた方がいいんじゃないかと僕は思った。

「いつ雷雲が来るかわからないから、早いうちに避雷針を完成させておくに越したことはないってね」

千歳さんは言った。「心配しないで。私、毎年夏にはこれくらい顔真っ黒になるから。そんで冬にはまた白くなってるから」

人がいないのを見計らって、試しに裏庭で出来かけの避雷針を千歳さんと支えて立ててみる。目に染みるほどの青空を突く銀色の棒を、僕たちはぽかんと見上げた。

「素敵かも」

千歳さんは瞳を輝かせた。

「私の顔が黒くなるのと比例して、避雷針が形になっていく」

「うん」

「この調子なら、初旬のうちに出来上がるかもね」

「そうだね」

「きっと立派なのが出来るよ。きっと」

◇

八月最初の木曜日。

この日は千歳さんがバイトなので、学校での避雷針作りはお休みになっている。僕は父が店番に出たのを確認して、朝から自室にこもって漫画を描き始めた。

『アキミ』の募集には、ジャンルの制限がない。何ページ書いてもいい。僕は中二の頃から温めていたファンタジー物を描こうと思った。悪の帝国の皇帝を倒すべく旅をする勇者と、そのお供のケルベロスの話。幻獣がいっぱい出てくる、賑《にぎ》やかでコミカル、だけどバトルは本格的で、勢いと躍動感のある物語だ。〆切は月末だから、見直しの時間も含めて、なんとか八月下旬の早いうちに仕上げられたらいい。

「ようやく私たちの出番ですか」

クロッキー帳の白紙を前に僕が腕組みをしていると、机の隣で伏せていたケルベロスのガオが顔を上げた。他ふたつの頭は、鼻ちょうちんを膨らませてぐうすかと寝ている。

「かっこよく描いてくださいね。主人公のピンチに颯爽《さっそう》と現れた私たちが、帝国軍の熾烈《しれつ》な攻撃もなんのその、悪党どもをちぎっては投げちぎっては投げ」

「わかってるよ」

「実に楽しみです。私たちは、修司の魔法を信頼していますからね」

僕はガオの頭を撫《な》でた。

任せてくれと思いながら、「魔法か」とひとりごちた。

小学一年生の頃、僕は魔法使いになりたかった。

きっかけは、母に連れていってもらった図書館のビデオコーナーで見た、『魔法使《まほうつか》いの光《ひかり》』という、外国の短編アニメだった。

ある夜、魔法の力を手に入れた青年が、もう電気の通っていない廃遊園地に明かりを灯《とも》し、老いた祖父母を招待する。光と音楽の溢《あふ》れる遊園地で、ピエロの人形は陽気にステップを踏み、街頭や草花はリズムに合わせて踊り、メリーゴーランドの馬たちはいななかいた。青年の魔力で、悪かったはずの祖母の足も思いのまま動くように。その夢のような景色の中で、祖父母は手を繋いで微笑み合い、若い頃のふたりのように駆け出していく、という物語だ。

僕はそのアニメを見て、初めて魔法使いというものを知った。

不思議な力でモノを動かしたり、モノに命を与えたり、体を治したり。

なんて素敵で素晴らしいんだろう。

もうこれは僕もなるしかないと思った。万物の法則を超えるパワーはもちろん、青年が自在に魔法を繰《あやつ》るシーンの格好《かっこう》いいこと。振った杖の先から光の粒子が噴出し、流星群のようになる美しさったら。あれに憧《あこが》れない子どもがいるなら、その子は放送中にたぶん寝てた。

でも、背が伸びるに連れて僕も常識を覚えていく。小学四年生になる頃には、魔法使いなんて作り物で、この世にはいないことに気づいてしまっていた。

がっくりきたのは確かだけれど、それでも憧れは捨てられず、僕は現実を見ないふりして、水をかけられたのに燃え尽《つ》きない焚《た》き火みたいにくすぶった。だから僕は中学二年生まで、現実的な将来の職業を考えることができず、魔法使いへの諦めきれない気持ちを抱えていた。

転機になったのは、その頃に斎藤が貸してくれた南瓜下駄三郎の漫画だった。

まったく知らない漫画家さんだった。なんでも『アキミ』とかいう漫画誌で連載しているらしい。当時の僕にとっての漫画誌といえば、誰もが知っている有名どころばかり。

「いいから読んでみろって。めちゃくちゃおもしれえぞ」

斎藤がやたら勧《すす》めるものだから、僕はその漫画を適当に読み始めた。

その漫画は、架空のダンジョンを主人公たちが攻略しつつ、道中で源泉を探して秘湯《ひとう》を開拓するという、なんともぶっ飛んだお話だった。

けれど、読み始めて三分で「あれ」と思った。

ページをめくるごとに、ハラハラ、どきどき、そわそわ、ニコニコ。

街、人、動物、魔物、植物、食物――上質紙にインクが染み込んで輪郭を成しているだけなのに、そこには完璧なひとつの世界ができ上がっていた。多くの人の往来があるからそうなったとわかる石畳の劣化も、使い慣れていないからそうなったんだとわかる魔力酔いをして吐いている人も、頭が鶏《にわとり》で尻尾《しっぽ》がヘビゆえに前後からの同時の奇襲に弱い魔物の習性も、その世界には確かに温かな血が通っていた。それらが当たり前みたいに、なんの説明もなく、いたるコマに散りばめられている。だから疑う余地もないくらい、本当に、この地球のどこかにそのダンジョンがあるように思えた。あらゆるものに生気が宿っているから、「この作者はどこかで普通に存在しているものを模写しているだけなんだ」と感じられるほどだった。

他のどんな作品でも味わったことのない衝撃を、その時、僕は深いところで喰らった。

僕は猛烈に感動して、初めて武者震いというものをした。

なんにもなかったはずの白紙に、笑いを、涙を、怒りを、喜びを、嫌悪《けんお》を、恐れを生み出すことができる。漫画家というのは、他人に「感情」を産んでもらうための仕事なんだと僕は思った。

それは言い換えれば、漫画家は人の心を意のままに操れるということだ。

そうやって心を操られた人は、その後、どうなるか。

誰でもない、僕が証明している。

「漫画家になろう」という決意を固めて、未来のために、行動を起こすのだ。

つまり、僕は南瓜先生のとんでもない漫画によって心を動かされ、行動を操られた。

じゃあもう、漫画家っていうのは魔法使いと同じじゃないか。

◇

しかし、決心したからといって現状が自然に変わっていくことはない。やると決めたことをやらない限り、運命の歯車はひとつも回ってはいかない。

これまで投稿しようと思ったことは数知れず、けれども僕は一度も実行に移すことができずにいた。中学の放課後はずっと父の手伝いをしてきたし、ならばと授業中に先生の目を盗んで描いてみると、成績が下がってこれまた父に怒られた。いくら頭の中にお話が溢れても、いつも時間と根気のなさで冒頭の数ページしか形にならず、全てが未完で終わっていたのだった。

これまで適当な感覚でインスタントに消費してきた全ての創作物に、僕は「ごめんなさい」と心から思った。ともすれば「つまんない」という一言で切り捨てた作品にも、作者がもがいた跡があって、作者が苦しんだ記憶があって、作者が涙を流した完成の瞬間があったんだと想像すると、自分が恥ずかしくなった。0から1を生み出すことがこんなにも難しいと、僕は自分が当事者になるまで少しも理解していなかった。

今、僕の脳みそに住んでいるたくさんのキャラクターたちは、みんな素敵な奴らだけど、ひとつも形を持っちゃいない。知ってもらえれば、きっと多くの人に気に入ってもらえるキャラたちだと思う。でも、いくら僕がその存在を叫んでも、その姿が見えないのなら、この世にいないのとおんなじだ。

けれど「じゃ、とっとと描けばいいじゃん」と言われて描けるほど、漫画は甘いもんじゃない。想像を具現化するというのは、神様の仕事をするのと一緒だ。僕は神様じゃない。

そうわかっているからこそ、僕はこれまで机に向かう前から自信を失い、握る前から筆を折ってきた。

ただ——高校生になって初めての夏休み。

今年の夏は、いつもの僕とは違う。

気がする。

そんな感覚がある。

どうしてかはわからない。

でも、お腹の底から根拠のない自信がむくむくと湧《わ》いてきて、ひたすらできる気がする。

僕は猛然とクロッキー帳に向かった。

漫画はいきなり絵を描き出すのではなく、まずはネームという骨組みを立てて、それから原稿用紙に鉛筆で下描き、そしてようやくペン入れという本番に入る。ペン入れが終わって完成かといえばそうでもなくて、今度は消しゴムをかけて下書きの線を飛ばし、ベタを塗ったり効果線を入れたりトーンを貼ったり、ホワイトで修正してまた描き足したり。読むのは一瞬でも描く方からすればこれだけの過程が必要で、一ページに八時間くらいかかるのは当たり前。最近は全工程をデジタルでやるのが主流だけど、ツールを持たない僕は伝統的な手法で進めるしかないのだった。

僕は適当にコマを割って、セリフや構図を考えた。ちょっとつまったら大学ノートを開いて、こつこつ書き溜めてきたストーリーを確認する。全部で四十ページ弱くらいで収まればいいなと道筋を立てる。

やる気が脳みそを沸騰させ、蒸気のように活力が満ちて、自分でもびっくりするほど手が動いた。いくらでも描けそうな気がして、ネームはどんどんでき上がっていった。

しかし、初めは軽快だったシャカシャカと鉛筆が走る音も、時間が経つにつれて元気がなくなってしまった。描くことに不自由しているんじゃない。次から次へとアイデアが溢れて、どうしても四十ページじゃストーリーが収まらないのだ。

「まいったなあ……」

鉛筆で頭を掻きながら僕がひとりごちると、「ふあー」とケルベロスのモグが大あくびをし、涙目で僕を見て、

「別に、四十ページで収めなくてもいいんじゃないのお?」

「いや、四十っていうのは新人の読み切り作品が本誌に載る時の平均的なページ数なんだ。だから僕もそれを目指したい。あんまり長くなってもダレちゃうし」

「へえ、そういうものなんだあ」

「どうしよう。冒頭の、主人公とケルベロスが出逢うシーンを削ろうかな」

「ボクたち、削られちゃうのお？」

モグは悲しそうな顔をした。

「大丈夫。中盤から後半はめちゃくちゃいっぱい描くから」

僕が言うと、モグは嬉しそうに「わーい！」と言って、笑うように舌を出した。

◇

それから正午まで頑張ってみたけれど、やっぱりページが溢れてしまう。

何度やってもうまくいかないので、僕は昼食をとってから、気分転換に漫研へ行ってみることにした。

裏口から外に出ると、むあっとした空気が全身を包み込んだ。息をすると肺の中に暑さが染み込んでくる。風のない真っ青な空に、セミの大合唱が響いていた。絵に描いたような夏だ。

僕は額に滲む汗を拭って歩き出した。

十二時半頃に漫研に着くと、部長が長机の上で大の字になって寝ていた。寒いくらいクーラーの効いた部室で、おヘソを出している。その傍らには、大量の『めぞん一刻《いっこく》』が山を成していた。手近にかけるものがなかったので、僕は『アキミ』を適当に開いて部長のお腹に載せた。

そうしてしばらく、僕はひとりで部室に転がっていた漫画を読んだ。一応、クロッキー帳とアイデアノートは持ってきたけれど、気持ちよさそうに寝ている部長を起こしてまでアドバイスを貰うのは忍びない。部長が自然に起きるまで待とうと思った。

が、部長は一向に起きるそぶりを見せない。ちょっと寝返りを打っては寒そうに「うう……」とうめくだけだ。もしかしたら徹夜空けかもしれない。部長はひとつの漫画にはまったら、それを全巻読み切るまでは決して眠りにつかないのだ。

その後も三十分ほど待ったけれど、部長が起きる気配も、他に部員が来る様子もないので、僕は仕方なく部室を出ることにした。

靴箱で上履きを履き替えながら、これからどうしようかなと考える。

帰宅してもネームがうまくいかないのは同じことだ。じゃあいっそ場所を変えて、喫茶店でアイスコーヒーでも飲みながらやってみるのはどうだろう。周りの目があるので気持ちが張り詰めて、出なかったものが出そうな気がする。

よし。そうしてみよう。

僕は校門を出て、多摩《たま》大学のバス停からバスに乗り、永山駅《ながやま》へ向かった。駅に直結している西友《せいゆう》を経由してベルブ永山へ行き、三階にある『喫茶れすと』に入った。

ここは図書館がすぐそこにある喫茶店で、勉強をしている学生が多い。その学生の中に混じれば、漫画のネームを書いているとは思われないだろう。

僕はアイスコーヒーを注文して、適当な席に腰を落ち着けた。クロッキー帳を開いてみると、不思議なことにうまくまとまりそうな気がする。これが喫茶店の力かと僕は思った。だからみんな喫茶店で勉強するんだ。ここには集中力を増幅させる波動が渦巻いているのだ。

自分の意識とは別のところで鉛筆が動き、白紙上にコマが生まれて話を成していく。どこからから受信しているみたいに、キャラの台詞《せりふ》が聞こえてくる。次第に周りの雑音が遠のいて、芯が紙を走る音しか聞こえなくなった。

そうやって、どれくらい没頭していたかわからない。ふと顔を上げると、アイスコーヒーの氷は溶け切り、グラスにびっしり水滴がついていた。

僕は一息ついて、グラスを手に取った。

ストローをくわえようとして、

「なにしてんの？」

すぐ後ろで女性の声がして、僕は盛大にむせた。

「うわ、きったねえ！」

僕は口元を拭いながら背後を見た。

そこにいたのは、池田の双子の妹だ。

「ひとりで来たの？　勉強？」

池田妹は僕の机をじろじろ覗き込んで、

「なにそれ。漫画？」

「！」

僕は慌ててクロッキー帳を閉じた。

「なんで隠すの」

「いいだろ別に」

「なに、漫画描いてるならそう言えばいいのに。そうやって自分のやってることに自信を持てない感じがあんたのキライなとこよ」

池田妹は眉を吊《つ》り上げて言った。

僕は、この池田妹が苦手だった。

僕は小一の頃からよく池田の家に遊びに行っていた。すると必然的にこの妹とも会う。そして池田と妹は同じ部屋なので、必然的に妹も一緒に遊ぶことになる。だから僕はこの妹の性格というものをよく知っていた。

この妹は兄よりも遥《はる》かに口が悪く、思ったことを頭で濾《こ》すことなくすぐに言う。恥ずかしいが、僕は彼女に何度も泣かされたことがある。印象深いのは、マリカーに勝っただけで「ゴール直前で赤《あか》こうら投げてくるあんたの陰湿で卑怯《ひきょう》なやり方はしっかりそのしょうもない性格に結びついてる」と、しつこく人格を否定された時。母が選んでくれたお気に入りのお洒落《しゃれ》なジャケットを着ていったら「あんたみたいなへろへろガリガリが着てたら大して稲も育ってないのに田園の体裁を保つためだけにポツンと立てられた案山子《かかし》のコスプレにしか見えない」と、僕の身体的特徴をあげつらって馬鹿にされた時。

僕が女子と会話するのが下手《へた》なのは、間違いなくこの池田妹に原因がある。というかこの妹のせいで、僕は女子そのものが苦手になってしまったのだ。

だから僕は中学生になってから、できるだけこの妹を避けてきた。池田の家に遊びに行くのは妹が部活でいない時だけと決めていたし、校内で見かけたら気づかれないようササッと隠れるようにしていた。

つまり、こうして出会ってしまったのは運が悪いとしか言いようがない。

「つーか、あんたと会うの久しぶりって感じだね。兄貴は？」

「知らないよ」

「一緒じゃないの？」

「見りゃわかるでしょ」

「なんだてめ、久々に喋るのにそのケンカ腰はよ」

池田妹に睨まれて、僕は早速ひるんでしまった。僕が日和《ひよ》ったのを察した池田妹は、まだ残っていた僕のアイスコーヒーのグラスを取ってあおり、一気に飲み干して、

「うえ、苦《にが》！　ブラックかよ、背伸びしちゃって！　シロップ入れとけっつーの！」

池田妹は怒りながら僕の対面の席に座り、バッグからプリントの束と筆箱を出した。

「なにしてんの」

「それこそ見りゃわかるだろ。宿題しに来たんだよ」

「なんでここで」

「だって、ほら」

池田妹は周囲をぐるりと顎《あご》でしゃくった。

ネームに集中していて気づかなかったが、いつの間にか満席になっていた。

「私だってあんたなんかと一緒に勉強したくないっつの。誰かに見られて噂でも立てられたらたまったもんじゃないわ」

もうこれ以上は会話したくないという雰囲気で、池田妹は不機嫌そうにプリントへ取り掛かった。

僕は帰ろうと思って荷物をまとめた。ふん、と池田妹が鼻を鳴らす。

その時、「ぺけぺけ」と僕のスマホが鳴った。

千歳さんからのＬＩＮＥだった。

『明日は学校行けそう。佐々木くん空いてる？』

僕は返事をせずにスマホをポケットに入れて、「あ」と気づいて、

「あのさ」

「んだよ」

「千歳さんって知ってる?」

池田妹は「あ?」と一瞬固まって、

「千歳って、千歳藍子《あいこ》?」

「そう」

「知ってるよ。中三の頃、一緒のクラスだったし。なんで?」

「僕、今同じクラスなんだけどさ。千歳さんって、中三の頃になんか事件起こしたの?」

池田妹は「事件……?」と考えるふうに顎にシャーペンを当てて、

「ああ。あれね」

「どんな事件?」

「なんで知らんのよ。結構話題になったじゃん。先生をぶん殴《なぐ》ったんだよ」

「どうして?」

「うーん。どうして、って言われても」

池田妹は困ったような顔をして、「わかんない」と言った。

「わかんない?」

「だって千歳さん、いきなり先生に殴りかかったんだもん。帰りの会で」

「きっかけはなかったの?」

「なかったと思う。先生が喋っている時に千歳さんが突然ぶち切れて、つかつかと教卓まで行ってグーでボコッと」

「先生、何を話してたの？」

「えーと……」

池田妹は皺《しわ》を寄せた眉間《みけん》をシャーペンで叩いて、

「確か……その日の掃除時間に窓ガラスを割っちゃった子がいて、それでケガしてさ。千歳さんが殴りかかったのは、先生がそのことを話してた時だったような気がする」

僕は、千歳さんが人を殴る光景をうまく想像できなかった。

「いや、あれはほんとびっくりしたな。教室はもう大騒ぎよ。いいところに入ったのか、先生、白目剝いてひっくり返るんだもん」

池田妹は事件を思い返すように遠い目をして、

「なんでそんなこと訊くの？」

「いや別に」

「え？　もしかしてあんた好きなの？　千歳さん」

池田妹は瞳をきらきらさせた。「おい、マジかよ！　うわ、マジで！」

僕がため息をつくと、ずっと傍らにいたケルベロスのみっつの頭が変にニコニコした。

「どうしてみんな、そっちへいくんだよ」

僕はバッグを持って、『喫茶れすと』を後にした。

池田妹に水を差されて不完全燃焼だったので、僕は漫画を考えるため、バスを使わず歩いて帰ろうと決めた。

◇

再び永山駅を抜け、橋を渡って諏訪《すわ》第一公園方面へ。

青々と茂る木立から、絨毯《じゅうたん》爆撃のように蟬時雨《せみしぐれ》が降り注いでいる。午後五時を回ったけれど、吹く風は湿度をまとった熱風のままだ。アスファルトの道々にも、紅《くれない》には遠い、白い木漏《こも》れ日が揺らいでいた。

帰路を辿《たど》りながら、僕はぷつぷつとネームについて思考した。

現状で進めている妥協案だと四十ページに収まるけれど、そうなると描きたいことが描ききれない。せっかくやるんだから全てを描きたい。捨て子だった勇者と、元奴隷《どれい》だったヒロインの、お互いが抱える心の孤独を介しての交流。何度敗れても決して折れずに皇帝に立ち向かっていく、無謀だからこそ美しい勇者の果敢《かかん》な勇気。出会った当初は犬猿の仲だったのに、冒険を通して育まれていく勇者とケルベロスの友情……。

ひとつのストーリーの中で、その全部を成立させるというのが難しい。

思いきって勇者の孤児という設定を刈り込もうか。いや、そうしたら勇者とヒロインとの共通点がなくなって魅力半減だ。じゃあ、いっそ勇者とヒロインに集中してスポットを当てたら。……いや、これは笑えて泣ける冒険譚《たん》だ。変にじっくりやるとラブコメ化する……。

そうして答えの出ないあれやこれやを考えているうちに、いつの間にか自宅の近くにまで来ていた。汗でシャツが濡れて水玉模様のようになっていると自覚したのもようやくだ。漫画を考えていると時がまたたく間に過ぎる。その間は苦しくもあるけれど、どうしたって幸せだ。

考えていれば時間を感じさせてくれないほど、僕はやっぱり漫画が好きだ。

打開策こそ出ないものの、なんとなく収穫があった気になって心が躍り、僕は久しぶりに表から——店の入り口から家に入ろうと、歩く速度を上げた。

左手に自宅が見えてきて、僕はふと足を止めた。

店の前に、大量の段ボールが山を成していた。

別に珍しい光景じゃない。うちのような小さな電器屋では、発注していた商品が仲卸から到着するタイミングが変に被ってしまうと、度々こういうふうになる。そして大型家電量販店と違い、運搬業者がいちいち店内まで荷物を搬入してくれない。

だから僕は、べつだん気にも留めないで家に入るつもりだった。

足を止めさせたのは、大きな段ボールを抱えている父の姿だった。

僕は無意識に街路樹の陰に身を隠した。

そして、父を窺った。

物心がつく前から近くで見ていたのでわかる。両腕を目いっぱい伸ばして段ボールを抱える父。あの案配だと、段ボールの中は85Lの冷蔵庫だろう。重さはたぶん25キロくらい。両腕を広げ、体いっぱいに段ボールを抱えた父は、眉間に皺を寄せ、歯を食いしばり、相撲《すもう》取りのようなすり足で、一歩一歩、ゆっくりと店の中へ進んでいった。水玉模様とは比べ物にならないくらい、父のシャツは汗でずぶ濡れになっていた。

僕が涼しい喫茶店で漫画を考えている間に、父は炎天下で必死に商品を捌《さば》いていたのだろう。「一気に持ってくんなよ」とも愚痴《ぐち》らず、僕に「手伝いに帰ってこい」とも電話せず。

父の存在を思えば憂鬱《ゆううつ》になるけれど、そういう不器用でも愚直な一貫性がわかるから、僕はどうしても本心から父を嫌えない。

コテコテの昭和の日本男児。

理不尽《りふじん》だし、高圧的だし、エンタメに疎《うと》いし、ユーモアもくそもない、まるでつまらない父。

まっすぐに嫌えてしまえば楽だった。

それができないから苦しかった。

母がいなくなって、父がより厳しくなったのは、父が母の代わりを務めようと無理をしているからだ。むろん、父が自らそう言ったことは一度もない。でも、父が僕を立派に育てようと、母の想いを果たそうとしているのは、母がいなくなってからほどなくして不自然な冷たさをまとった父の態度から、残酷に僕へ伝わっていた。

不器用だからこそ、父は僕に厳しく接するしか方法がない。

そして、そうわかっているのに、僕はそれをどうしても鬱陶《うっとう》しく思う。代わりをしてもらわなくても、僕の胸にはいつだって母がいる。父はそれをわかってくれていない。もう、ほんとに、はっきり言って、余計なお世話なのだ。

三人からふたりの家族になった僕たちは、いつしか心の距離を離してしまった。

僕は父が店内に段ボールを運ぶのを見計らって、素早く裏口へ回った。父に悟られないよう勝手口から家に上がり、自室に入って、シャツを着替えた。

◇

八月八日。

雨のない日が続き、記録的な猛暑が続いていた。夕立こそあれどそれも一瞬で、日本列島は深刻な水不足に悩まされていた。

午前十時、僕は学校に出かけた。

暑ければ暑いほどエンジンがかかるのか、セミはいよいよ狂い鳴きを悪化させて、明らかなオーバーペースで命を燃やしていた。七日間で死ぬからかわいそうと言うけれど、そら七日間も二十四時間あんな大声で叫び続けてたら人だって死ぬだろうと思う。

蜃気楼《しんきろう》で茹《ゆ》だる校門をくぐる。

全国的に甲子園《こうしえん》が始まったが、うちの野球部はそんなもの知らないんだよーという感じでグラウンドで白球を追いかけている。僕は裏庭の木漏れ日の中で千歳さんを待った。ほどなくして、大量のゴルフクラブを抱えた彼女がやってきた。

「あっちいいいい！」

千歳さんはドカドカとクラブを下ろした。「この棒ども、ホッカホカになりやがるんだから！」

彼女の奮闘のおかげで、避雷針はずいぶん形になってきている。……というのはちょっと語《ご》弊《へい》があって、正確に言うなら、ずいぶん「パーツ」ができてきている。

当たり前だけど、避雷針というのは高くなきゃ意味がない。だから僕たちはいくつかのパーツ……つまり「節《ふし》」を作って、立てるとなった時にそれらを繋ぎ合わせるつもりだった。

まずは節を繋いで、一本の長い棒を作る。長い棒ができたら地面に寝かせて、先端に縄《なわ》を結び、末端に支柱専用のペグとダイスハンドルを取りつける。それから縄を引っ張って棒を起こし、一気に立ったところで、すかさずダイスハンドルを踏んづけて体重をかけたり、ハンマーで打ったりして、ペグを地面に打ち込む。そうすれば避雷針を直立させられる（はず）。クラブのシャフトはかなり軽いので、無理をすればひとりでもできるかもしれない。

千歳さんが避雷針の設置場所として見定めているのは、桜ヶ丘公園の「ゆうひの丘」。桜ヶ丘公園西口のバス停の近くに標高100mを示す石碑があるから、「ゆうひの丘」はおそらくもっと高い位置にある。

標高100m以上なら、避雷針はきっちり機能する。

問題は、「ゆうひの丘」が、桜ヶ丘公園という「森」の近くにあることだった。

森の中で有効な避雷針を立てるには、周囲にある樹――広葉樹なら高いもので20m、針葉樹なら30m――以上のものが必要になる。

千歳さんが持ってくるクラブのシャフトは、ドライバーの場合が45㎝、アイアン系はそれより短い。ドライバーだけで作る場合、30m以上の高さまで必要な本数は単純計算で六十七本。アイアンはもっとたくさん。

また、避雷針として成立する直径は2・5㎜。メーカーによって差はあれど、だいたいのドライバーは、グリップ部分が太くて直径1・5㎜、それがヘッドへいくに連れて先細っていくので、一節に必要なのは最低二本になる。つまり、ドライバーだけで作るとしたら、67×2=百三十四本いる。

アイアンの直径は根本が1・4㎜から8㎜なので、一節は最低三本。それらの中に通すⅣアースコードは店で発注できる最長が10mだから、最低30÷10×2=六本。最終的に集まったクラブの比率がアイアンに傾いていたらもっと必要になるわけで、そうすると30÷10×3=九本。アースコードは1本600円、600×6=3600円、もしくは600×9=5400円、すなわち1・5㎜が35mの高さで10×2のアースコードがキャディの日給一万円ゴルフクラブは特価3000円……。

「ZZZZ……」

「佐々木くん、寝てない？」

ハッと目を開けると、すぐそこに千歳さんの顔があった。

僕は驚いて飛び起きた。「寝てない、寝てない」

「よだれ」

千歳さんに言われて、僕は口元を拭った。

裏庭の木陰で千歳さんの説明を聞いているうちに、僕は居眠りをしてしまっていたらしい。

彼女はノートを閉じて、「まあ、数字的なことはこちらに任せて」と胸を叩いた。僕は「ごめん」と言った。

「いいよ。夏の木陰は謎の気持ち良さあるもんね。暑いけど寝ちゃうみたいな」

それから避雷針の節を作りながら、僕は千歳さんがとても気になっていた。なぜなら、彼女は三日月みたいなでっかい隈をこさえていたのだ。クラブの錆《さび》を落とす様子にも、いつもの覇《は》気《き》がない。バイトが壮絶なのか、彼女は明らかに疲れていた。

普通の女子は、今ごろ部活をして仲間と絆《きずな》を深めたり、友達と海に遊びに行ったり、家族と帰省したりしているだろう。でも千歳さんは、僕みたいな何の取り柄もない、クラスでも印象の薄い、教室の端っこで菌類を培養しているような暗い奴と、避雷針を作っている。真っ黒に焼け、汗だくになりながら、材料を買うためにバイトをし、貴重な夏休みを消費している。

不自然と思わないはずがなかった。

「本人に聞いてみろよ」

木陰に座っているケルベロスのキバが言う。

僕は素直に頷き、導電性アルミテープでクラブをまとめている千歳さんに尋ねてみた。

「ねえ。どうしてそんなに雷を落としたいの?」

千歳さんは手を止めて僕を見た。なぜ今更? というような視線を僕に向けてから、「うーん」と顔を上げ、ちょっと考えてから、

「絶対綺麗じゃん」

絶対ごまかしだ。

「本当は?」

千歳さんはちょっとだけ目を見開いて、今度は少し長めに考えて、

「佐々木くんになら、もうこれくらい喋ってもいいかな」

「え?」

「佐々木くんさ」

「はい」

「今日、この後、時間ある？」

「うん、まあ」

「じゃあさ。うち来ない？」

◇

今日の分の避雷針作りを終えた後、僕は千歳さんに先導されて彼女の家へ行った。

千歳さんの家は、永山駅からすぐのところにある永山団地にあった。一号棟の三階で、ドアを開けると他人の家の匂いがした。玄関で恐縮していると、彼女が「遠慮せずにどうぞ」と言った。

「居間に行ってて。私、ちょっと着替えてくる」

僕は千歳さんに案内され、居間に通された。

ふたり掛けのソファがあるけれど、汗びっしょりなので床に座った。とても静かで、千歳さん以外に誰かがいる気配はない。きっと彼女の両親は共働きなのだろう。

所在ないので、僕はなんとなく、生まれて初めて入った同級生の女子の家を見回した。

簡素な木製のテーブルに、小さなテレビ。味気ない壁掛けの鳩《はと》時計に、灰色のソファ。落ち着いた家で、必要な家具以外、余計なものが置いていていない。千歳さんの家だけあって、すごくさっぱりしている印象を受ける。観葉植物とか、花瓶とか、小物とか、余計な装飾がない――ただ、テレビ台にだけは、いくつかの写真立てが飾られていた。

あるひとつには、タピオカを飲んでいる千歳さんと数人の友達の写真。小学生の頃の一枚だろうか、みんな顔が幼い。

あるひとつには、彼女と、彼女の母親と思しき人のツーショット。満開の桜の木の下で、ふたりとも満面の笑みでピースしている。まるで姉妹のようだ。仲良しなんだろう。

またあるひとつには、襟《えり》を開けたジャージ姿の千歳さんが表彰台に乗っている写真。しかも彼女は一番高いところにいて、嬉しそうに賞状を開き持っている。賞状には『全国中学水泳競技大会　一年生自由形　第一位　千歳藍子』とあった。

中学時代、千歳さんは水泳をしていたのか。

そう思うのと同時に、違和感があった。

なんか……なんか、彼女っぽくない。

その「なんか」という違和感の正体は、じっくり観察すればすぐにわかった。

写真の千歳さんは、ハイネックを着ていない。

僕の認識にある千歳さんと言えば、出会った頃からハイネックのシャツを着ていた。学校で会う彼女は、ありとあらゆる場面でハイネックを着ていた。それは体育の時も、水泳の時もそう。目を閉じて千歳さんを思い返してみても、どうしたってハイネックを着ている彼女が浮かんでくる。

でも、この表彰台の写真では、着ていないのだ。

僕は写真に写る新鮮な彼女の姿に惹《ひ》かれ、興味本位で写真立てに手を伸ばして、

「お待たせ」

千歳さんの声がして、僕は猫みたいな反応速度でシュッと手を引っ込めた。

「ごめん、暑かったね」と言って、千歳さんはクーラーを入れた。

彼女は白いTシャツに、緑の短パンを履いていた。当たり前のように、インナーにしっかりと黒いハイネックの長袖を着ていた。

「ソファ座りなよ」

「汗すごいから」

「気にしないのに。てかなんで正座?」

千歳さんは笑い、冷蔵庫から冷えた麦茶を取ってコップに入れて僕に出しながら、

「写真見てた?」

あんまり自然に千歳さんが言うもんだから、僕はドキリとした。

「お母さんがどうしても飾るって言うからさ。恥ずかしいんだよなこれ」

「……あのさ。ちょっと気になったんだけど」

「なに?」

千歳さんはソファに腰を下ろした。

僕は麦茶と一緒に勇気を飲み込んで、

「あのさ。もし答え辛《づら》かったら、答えなくてもいいんだけど……」

「え、なになに」

千歳さんは興味津々《きょうみしんしん》というふうに僕を見る。「なになになに」

僕はもう一度麦茶で唇《くちびる》を湿らせて、膝《ひざ》の上に置いたこぶしを見つめながら、

「千歳さん、なんでいつもそれ着てるの？」

「それ？」

「ハイネック」

「あ、なーんだ」

僕が思っていた以上に、千歳さんはとても軽かった。

そして、

「気になったんだけど、じゃなくて、気になってたんだけど、でしょ？」

たまらず僕は千歳さんを見た。

千歳さんはニヤニヤしていた。

「何を気～使ってんのさ」

「いや……」

「あのね、その質問はもう私腐るほど受けてきてるの。そんな『聞いちゃまずいことを聞いてるのかも』みたいな雰囲気いらないよ」

言われてみれば、そりゃそうだよな、と思う。

「このハイネックはね、簡単な話、キャラ付けよ」

「キャラ付け？」

「私、転校生なんだよ。中三の頭に、こっちに引っ越してきた」

初めて知った。

「ひどいと思わない？　中三で転校だなんて、もう友達作りもへったくれもないんだよ。みんなの関係は二年生が終わるまでにすっかり出来上がってるし、そもそも卒業まで残り一年しかないのに、新しい人間関係を開拓しようという人なんていないわけ」

「うん」

「私はね、転校する前からそこに気づいてたの。だから思ったんだよ。『これは最初の自己紹介でかまさないと、一年を棒に振るぞ』って。『インパクトのある登場をして、みんなに興味を持ってもらわないと、ひとりぼっちの卒業式を迎えるぞ』って」

僕はなんとなく察して、

「それでハイネック？」

「そう。転校生が制服のインナーに黒いとっくり着てるだなんて、どうしても気になるじゃん。

だからみんな話しかけてくれるわけ。『なんでそんなの着てるの？』って」

「当時の先生は許してくれたの？」

「うん。素直に考えを話したら、いいよ、って」

千歳さんはいっそうニヤニヤした。

「目論見《もくろみ》は大成功。みんな私の出《い》で立《た》ちを気にして、たくさん話しかけてくれたよ。だから友達もできたし、本当のひとりぼっちにならずに卒業式を迎えることができた」

なるほど、と思った。僕は生まれも育ちも多摩だから、転校がどういうものかはわからない。けれど千歳さんの話を聞いて、それが大きな苦労を伴《ともな》うものであるというのはわかった。黒いハイネックは、彼女が彼女の人間関係を切り拓《ひら》くための重要な武器だったのだ。

「今も着てるのは、その名残《なご》り。そんなに仲良くない人でも、まず私にハイネックのことを尋ねてくるよ。そしたら、『ああ、これはね』って、会話が始まるでしょ？　そうなりゃもうこっちのもんよ」

千歳さんは笑った。「佐々木くんは、聞いてくるのが遅すぎるくらいだよ」

その時、壁掛け時計が四時を指して、ポポポポ、と鳩が鳴いた。

「――ところで、今日佐々木くんを呼んだのはね」

千歳さんはソファを立ち、テレビ台の扉を開いた。

収納されていた一枚のパッケージを取り出して、

「この映画を一緒に見たかったからなんだ」

千歳さんが僕に示したそれは『フランケンシュタイン』のＢｌｕ－ｒａｙだった。古い映画なんだろう、昔の映画看板みたいなタッチのジャケットで、下から懐中電灯で照らしたようなフランケンシュタインの顔がでかでかとデザインされている。

「どうして私が雷を落としたいのか、聞いたよね」

千歳さんはデッキにディスクをセットした。そして、「それはこれを見ればわかるよ」と微笑んだ。

◇

約一時間十分、僕たちは『フランケンシュタイン』を見終えた。

白黒映画をまるまる一本見たのは初めてだ。千歳さんと関わるようになってから、なんだか初めてのことばかり体験しているような気がする。

「どうだった？」

ディスクをパッケージにしまいながら、千歳さんは言った。

「面白かった？」

こんな後世にまでＢｌｕ－ｒａｙで残るくらいの作品なんだから、公開当時はきっととんでもない衝撃でもってみんなに迎えられたのだろう。ただ、正直、面白いかと言われれば「うん、味があったね～」と答えざるを得なかった。ストーリーはすごくシンプルで、特に派手なシーンもない。言わずもがな、この作品にも死力を尽くした製作者がいるのだから、簡単に批評なんてしちゃいけない。けれども答えは単純明快、感想を求められたなら「味があったね～」一択である。

とはいえ、えらくにこにこしている千歳さんに臆面《おくめん》もなくそうは言えない。

だから僕はお茶を濁《にご》すべく、

「フランケンシュタインって、あの怪物の名前じゃなかったんだね」

「そう。それは怪物を生み出した博士の名前なんだよ」

「僕はあの怪物がフランケンシュタインだと思ってた」

「それ、ものすごく勘違いされてるよね」

電気療法と電気生物学の研究に没頭するあまり、とうとうマッドな領域に行ってしまった、ヘンリー・フランケンシュタイン博士。

博士は死体と脳を集めて、巨大な男の人形を生み出した。それが、フランケンシュタインと混同してイメージされる、首にボルトの突き刺さったあのキャラクターだ。

ある嵐の夜、博士は落雷を利用して人形に高圧電流を流した。するとなぜだか生命が宿り、人形は怪物としてゆっくりと動き出した。

実験の成功に狂喜する博士だったが、怪物はまるで聞き分けがなく、うーだのあーだの言いながら大暴れ。最後は博士まで風車小屋の上からぶん投げられてしまうが、怪物は駆《か》けつけた村人たちの手によって焼殺され、めでたしめでたし。

「こんなこと喋るの、ずいぶん痛いと思うんだけどさ」

千歳さんは、ためらいがちに口を開いた。

「ちょっと我慢して、私の自分語りを聞いてくれないかな」

僕は頷いた。

千歳さんは「ありがとう」と言った。

それからちょっとうつむいて、ぱちぱちとまばたきをし、意を決するように顔を上げ、

「私さ……自分の心が見当たらないんだよ」

僕は黙って聞いた。

「いつもどこかで、もうひとりの私が私を客観視してるの。それは、誰と笑っていても、誰と共感していてもそう」

千歳さんの声は、いつもより小さかった。

「だから、『楽しい』とか『悲しい』って感情が、実はよくわからないの。……そりゃ、うわべなら合わせられるよ。友達が笑っていたら私も笑うし、泣いていたら同じように悲しんでみせる。でも、それは……それは私の表層の……皮膚《ひふ》の上澄みを掬《すく》っているだけで、底の方から

笑ってるわけじゃないし、悲しんでいるわけじゃない。今、自分は楽しいことをしているんだから、楽しいと思おうとか、これは悲しいことだから、私も絶対に悲しいんだ、とか。そんなふうに、『きっとこうだから、こう』っていう常識が先行しないと自分から感情を抱けない、っていうのかな。ううん、うまく言えなくてもどかしい」

僕は黙っていた。

「私は、あるタイミングで心をなくしたんだと思う。……もしかしたら、生まれた時からなくしていたのかもしれない。生まれついてなかったのかもしれない。ほら、映画でも言ってたじゃん。『犯罪者の脳は、正常な脳に比べて前頭葉の溝が少ない』って。そんな感じで、私の脳みそは普通の人のものより冷めまくってるのかもしれない。あたかも正直に感情を表に出しているようでいて、ひとつも本物を浮かべられたことがない。わざと本心を隠してるんじゃなくて、本当に出し方がわからないの。だから本物ふうのまがい物を出すことだけがうまくなった。上手に生きている『ふう』がうまくなった」

ここまで言って、千歳さんはいよいよ恥ずかしくなったのか、顔を赤くしてまたうつむいた。

「こんなこと自分で言ってるの、激烈にサムいね」

「いや」

思わず声が出ていた。

「千歳さんの言ってること、わかる気がする」

千歳さんはうつむいたまま、「ありがとう」と言った。

「……佐々木くんは、あの『フランケンシュタイン』には、どんなメッセージが込められてるって思った？」

「え？」

「作った人は、見た人に、何を伝えたいんだと思った？」

僕は詰まってしまった。

映画を見終わり「面白かった？」と聞いた時の千歳さんは、その輝ける笑顔から、明らかに「うん」という答えを待っていた。でも、今の彼女は笑っていない——いや、笑ってはいる。微笑んでいる。でも、その微笑みは、とても、とても形容しにくい……「つん」とつつけばいつでも崩壊してしまいそうな、そうして泣き出してしまいそうな、砂でできた自分の顔のお面をかぶっているような表情だった。

だから僕は、彼女が望んでいる答えがわからなかった。

「——私はわかるよ」

僕の無言を答えと捉《とら》えたんだろう、千歳さんは呟いた。

「どんなこと？」と僕は訊いた。

すると途端にお面を脱いだ千歳さんは、今度は見慣れた微笑みを浮かべて、

「教えなーい」

レースのカーテンの隙間から、斜陽が差し込んできた。

千歳さんは空のコップを持って立ち上がった。

彼女は台所へ向かいながら、こちらを振り向かないままで、

「あの怪物は、雷で心を得て、自由に動き出したんだよ」

蛇口《じゃぐち》から注ぐ水がシンクを打ち、

「私も、心を得たい」

蛇口を閉める音、

「心を得て、……」

◇

千歳さん家からの帰り道、僕はなんとなく歩きたくなって、自宅まで大回りすることにした。

夕方の空は、薄っすらと雲がかかってピンク色になっている。蟬時雨の大洪水は朝から何も変わらない。風はずいぶん涼しくなっていた。

乞田川《こったがわ》沿いの遊歩道に差し掛かり、ひたひたと隣についてきていたケルベロスのキバが口を開いた。

「あの子の言ってたことが気になるんだろ？」

僕はキバを無視した。

「あの子は何か、重大なことを隠しているような気がする」と、今度はガオ。

「秘密が多い女子は怖いって言うよぉ。そのうち身を滅ぼされちゃうかも……」とモグ。

「うるさいなあ」

僕が大きく言うと、モグは「ああっ、ううっ」とうろたえ、耳を後ろに倒して泣きそうになって、

「ボ、ボクは修司のためを思って……」

「ほっとけって。あんまり言うとまたスネちまうぞ、モグ」

「キバ、そのセリフがまた火に油です」

「頼むから、僕をイライラさせるのはやめてくれよ」

「修司。私たちは『あの子はなにかあるぞ』と忠告したいだけなのです」

「そのなにかってなんだよ」

「わかりません。ただ、あの子からは不穏な空気を感じるのです」

僕は立ち止まってケルベロスを見た。

ガオは僕に向かってしっかりと顔を上げ、

「あの子の言っていることに、真実味を感じないのです。私の嗅覚《きゅうかく》でも捉えられない」

「だから言ってたじゃん。千歳さんは自分で自分の感情がうまくわからないって」

「それにしても、あの子の言葉には血が通っていません」

「なんだよ、言葉に血が通ってないって」

「あの子は胡散臭《うさんくさ》い」

僕はガオを睨みつけた。

ガオは臆さなかった。

「あの子は修司を見ているようで、見てません。というか、なんにも見てません」

胸を突かれたような気がして、

「お前になにがわかるんだよ」

「わかります。私たちは、むっつの目であの子を見ているのですから」

僕は鼻を鳴らして歩き出した。ケルベロスも歩き出す。

「ついてくんなよ」

「そんなこと言われても」とガオ。

「あっち行け」

「あっちに行ったって、結局戻ってきてしまいます」

「今だけでいいから行けよ」

僕は早足で歩いた。少し行ったところで振り返る。ケルベロスがおすわりの状態でこちらを見ている。僕は再び前を向いて歩き出した。

新大橋《しんおおはし》まで来て、もう一度振り返る。ケルベロスはいない。前を向く。目の前に、おすわりのケルベロスがいる。

「ああもう！」

僕は地団駄《じだんだ》を踏んだ。

「我々から逃れるのは無理です」とガオは言った。「それは修司が一番よくわかっているはず」

僕とケルベロスはまたも言い争いをしながら遊歩道を歩いた。さっきまでピンクだった空はもう藍《あい》色になっている。空気もずいぶんさらさらして、汗も乾いてきた。川にいた鴨《かも》たちが飛び立って、遠く向こうに帰っていった。

「ん？」

ふとケルベロスが声を上げ、歩みを止めた。

「なんだ、この匂い」

ケルベロスは鼻をひくひくさせて、遊歩道沿いの花壇《かだん》をしきりに嗅《か》いだ。

「どうした」

「何かいる」

僕はゆっくりと花壇に近づいた。

よく手入れされた赤い千日紅《せんにちこう》の中に、頭を抱えてうずくまっている子どもがいた。

小学一年生くらいのその子どもは、花に紛《まぎ》れてしくしくと泣いている。僕は辺りを見回した。

人がいないのを確認してから、「どうしたの?」と声をかけた。

ゆっくりと振り向いた子どもの首には、小さな二本のボルトが刺さっていた。

「あう、あーうー」

半分しか開いていない瞳を濡らしたその子どもは、それこそさっき映画で見た怪物がそっくりそのまま小さくなったような姿をしていた。子どもの怪物はプリンみたいな頭を左右に揺らし、僕を見てぷるぷると震えた。

「あーあー、なんだこいつは」

キバがため息をついた。

「これ、フランケンシュタインの怪物じゃない?」

モグが言った。「それの子ども版」

怪物の子どもはこちらへよちよちとやってきて、ひしと僕のシャツを掴んだ。ぽろぽろと涙をこぼし、ずーと鼻水をすすった。

「ほら、お前があの子のことばっか考えてるからヘンなやつが現れちまったよ」

「あーうー」

僕はしゃがんで、子どもの怪物に視線を合わせた。

子どもの怪物は僕の顔を見て、泣きながら口をぱくぱくさせた。

「悲しいの?」

僕が聞くと、子どもの怪物はうんうんと頷いた。

「寂しいの？」

うんうん。

「辛いの？」

うんうん。

「……じゃあ、一緒に来る？」

「おい、いいのかよ」とキバ。

「ノープロブレム」

「なんでだよ」

「だって、わざわざ生まれてきてくれたんだよ。僕の漫画のためにさ」

子どもの怪物は、ためらいがちに僕の差し出した手を握った。僕が微笑みかけると、子どもの怪物は「えへへ」と嬉しそうに笑った。

「そんなの拾って、そのうち収集がつかなくなっても知らねえぞ」

「そんなの、じゃない。この子の名前はちびフランケンだ」

「フランケンは博士の名前だろ」

「いいんだよ、こっちの方が伝わりやすいんだから」

キバはフーンと鼻を鳴らし「さいで」と言った。

僕とケルベロスとちびフランケンは、短い影を引き連れて、川沿いを歩いていく。

◇

夜、夕食と風呂を済ませてから部屋で机に向かっていると、父が急にドアを開けて入ってきた。

泡を食った僕は、急いでクロッキー帳を歴史の資料集の下に隠した。

「勉強か」

父は言った。

「うん」

「精が出るな。でも、ほどほどでいい。お前には別に大学受験もないんだから」

父は、机上にある閉じたままのノートパソコンに目をやって、

「それより、しっかりパソコン部でパソコンのことを学んでくれ。俺はもうついていけないんだ」

「うん……」

「頼むぞ。うちみたいな小さな電器屋が生き残るには、地域の老人たちを相手にするしかない。家電やパソコンのことがよくわかっていない客を摑んで、懸命に役に立つしかないんだ」

「わかってる。それより、なに？」

父は、机の上に五千円札を置いた。

「今月の小遣い。渡してなかった」

「ありがとう」

父が部屋を出て、平穏が戻ってきた。

僕は辺りを見回した。

頭だけベッドの下に隠したケルベロスが、尻尾を股《また》の下に入れ、お尻をふりふりさせている。ちびフランケンはカーテンの裏にいた。震える足が見えていた。

「もう大丈夫だよ」

僕が言うと、ケルベロスとちびフランケンは恐る恐る顔を出した。ケルベロスのみっつの頭はぶるぶると震え、耳を後ろに倒している。ちびフランケンは目をかたつむりの殻みたいに回して、左胸を押さえていた。

「ほら」

僕はバッグにつけているお守りの紐を解いて、彼らに示した。

この高幡《たかはた》不《ふ》動尊《どうそん》金剛寺《こんごうじ》のお守りは、僕が小学生になった時に「通学の安全祈願に」と、母から貰ったものだった。不思議なもので、どんな感情になっていようと、これを嗅がせればケルベロスは落ち着きを取り戻す。そしてきっと、ちびフランケンもそうだろう。

ケルベロスのみっつの頭は、「ふんふん」と、黒豆みたいな鼻でお守りを嗅いだ。ちびフランケンも小さな指でお守りをつんつんした。するとたちまち、ケルベロスのむっつの耳が「しゃきん」と立ち、ちびフランケンの目のぐるぐるがぴたりと止まった。

僕は、お守りを手のひらに載せて見つめた。

小学生から高校生になるまで、ずっとその時々のバッグにつけていたので、ところどころがほつれ、鮮やかだった赤もすっかりくすんでいる。

それでも僕は、このお守りを一生近くに置いておくだろう。

体温計の水銀が下がっていくみたいに、ドキドキしていた気持ちが静かになっていく。

僕はお守りをバッグに結び直して、

「息抜きに行こっか」

席を立ち、みんなを連れて家を出た。

◇

今夜はいつもに比べて湿度が低くて心地がいい。涼しい夜風が吹いていた。

それでも昼間と勘違いして鳴いているセミの声を聞きながら、僕は空き地でコンクリートのひび割れを穿った。

取れそうで取れない、大物の欠片がある。僕はその欠片のはまっているひび割れに指を押し込んだ。ぐらぐらしているけど、まるで根が生えているように欠片は外れない。

お前には、大学受験もないんだから。

僕は頭の中にこびりつく父との会話を忘れようとして、熱心にひび割れを弄った。

父は至極当然のように、僕が電器屋を継ぐものだと思っている。面と向かって僕の意思を確認したこともないのに。僕の気持ちも知らないのに。

僕が夢を打ち明けたら、父は激昂《げっこう》するだろう。

じゃあ、母なら、何と言っただろうか。

きっと応援してくれる。

没入するまでまだいかない。また爪が欠けてもいいから掘り出したい。焦《あせ》りと怒《いか》りで力が入ると、「ぴし」と音を立てて、コンクリートのひび割れが拡大した。

そこで思わず安堵《あんど》の息が漏れたのは、その亀裂の先に、四年前に亡くなった母の笑顔があったからだった。

そうだ、と思う。

破片が取れ、少しだけ見えるようになった地肌には、いつも母の姿が浮かんでいる。母の顔、母の声、母の匂い、母の記憶。この場所をコンクリートが覆う前、まだ土でできていた地面のスクリーンに、ほんの一瞬だけ、生きている母が投影されるような気がする。

そんな気がするのは、きっとこのコンクリートを穿って地肌を出すというのが「時間のかさぶた」を剝がしている行為だからだ。大人になっていくにつれて忘れてしまいそうになる母のことを、ここを穿ればいつでも思い出せる。もちろん思い出せば辛く、天秤《てんびん》も悲しみの方に傾いてしまうけれど、それでもひとときき母に会えるという、もう片方の天秤に乗った喜びには変えられない。

この広場のひび割れは、僕の傷を無理やり治してしまおうとする時間のかさぶたそのものだ。だから僕はこれが好きなんだと、この時やっと気がついた。

そして、とうとう観念したのだろう。長い対決ののち、ひび割れから大物の欠片が取れそうになった。ぐらぐらの幅が大きくなって、今にもいきそうだ。

僕はここぞとばかりに欠片を揺すった。

いよいよ取れそうな感覚が指先から伝わってきて、あとひと押しだと最後の力を込めた、その瞬間のことだった。

「なにしてんの？」

頭上から声が降ってきて、僕は硬直した。

よく知った声だった。

僕は、静かに顔を上げた。

橙色の弱い街灯の明かりを背後に、前かがみになった千歳さんがいた。

彼女は不思議そうに僕の手元を覗き込み、

「なにそれ?」

ひび割れから「ぼそっ」と破片が取れた。

第3章

行《ゆ》き交《か》う車の音とセミの声だけが聞こえる、夜の空き地。

コンクリートの欠片を持ってあぐらをかく僕と、膝に手をついて腰を折る千歳さんは、黙って見つめ合った。

混乱して出口に殺到する思考から、かろうじて「なぜ、ここに」という思いが抜け出た時、手から欠片がこぼれてごとりと落ちた。

見られた。

千歳さんはじいっと僕と目を合わせて、僕の言葉を待っている。

僕は必死に言い訳を探した。けれど舌が絡まってしまって、「あ、う、え、お、う、あ」と金魚みたいに口をぱくぱくさせることしかできなかった。

「もしかして……」

千歳さんはニヤリとした。

「これ、秘密？　佐々木くんの秘密の趣味？」

僕は、たまらずビートルの脇にいるケルベロスとちびフランケンに助けを求める視線を送った。すると、ちょこんと座ったケルベロスは「クゥーン」と鳴いて顔を伏せ、ちびフランケンはサッとビートルの後ろへ隠れた。

「ふむふむ」

千歳さんは辺りを見回した。ドアの開いたビートル、ひび割れの走るコンクリート、不自然に剝げている一帯、通りからは死角……。

状況から悟ったのか、千歳さんは「なるほど」と頷いて、

「コンクリートのひび割れを拡大していくのが楽しいのか」

恥ずかしすぎて消えてしまいたい。

「すごい。もうここら一帯開拓されまくってるじゃん。いつからやってるの？」

たぶん頭から煙が出ている僕は、情けないほど小さな声で、

「……中一」

「中一！　もう四年もやってんの!?」

千歳さんは「はあ、そりゃすごい」と感心したように呟いて、

「あ、いいのいいの。私に構わず続けて」

続けてと言われても、隣でじっくり観察されてちゃできるはずがない。

はずがない、はずだった。

まるで見えない何かに動かされるように、僕はひび割れ穿りを再開した。たぶんヤケになったんだと思う。今更逃げ出したところで、僕がここで気持ちの悪いことをしていた事実は変わらない。もうどうにでもなれ、という気持ちだったんだと思う。顔のカッカするまま、僕は意

地になってひび割れに指をかけた。

そうしているうちに、涙が溜まってきた。理由はわからないけれど、泣きそうになってきた。恥ずかしいやら、安心したやら、嬉しいやら、いろんな感情がぐちゃぐちゃになって、みるみる視界が滲んでいく。ダメだ、バカ、よせ。僕はめんたまの奥に涙を引っ込めようと眉間に皺を寄せた。ここでまばたきしたら一粒こぼれる。耐える。鼻のひとつもすすってはならない。隣の千歳さんに気づかれるわけにはいかない。

ハッと思う。

安心したやら、嬉しかったやら。

僕はなんで安心して、なにが嬉しかったんだろう？

その時、ビートルの陰に隠れていたちびフランケンが、てててて、とこちらへ駆けてきた。ちびフランケンは僕と同じように、瞳にいっぱい涙を溜めていた。小さな手を自分の口元に当てて、僕に小声で耳打ちをした。

「ちとせさんが、きもちわるがらなかったから」

そうだ。

僕のこの趣味を見ても、千歳さんはまるでいつものままだ。

そうか。だから僕は安心したのか。

いや。待て。だから、それで今、何を安心して、何が嬉しかったんだ？

するとちびフランケンは、より一層の小声で、

「ちとせさんに、あえたから」

「見っけ！」

千歳さんが大きな声を出し、僕は驚いて心臓が口から飛び出そうになった。

慌てて見ると、いつの間にか彼女は、ドアの開いたビートルの中に顔を突っ込んでいる。血の気が引くのを感じた。

あそこには――。

千歳さんはビートルの中から顔を出し、

「不自然だと思ってたんだよね。ここら一帯こんなにハゲ散らかしてるのに、少しも取った後の破片がないんだもん。だから、きっとどこかに集めてるんだろうなって」

そうして千歳さんは、「じゃーん」と、持った欠片を僕に示した。

「この車は、佐々木くんの宝箱だ」

再び恥ずかしさがやってきて、僕は「あが、もが」と言った。それがまた自分への情けなさの追い打ちになって、僕はすっかり小さくなってひび割れ穿りに戻った。

それから千歳さんは僕の後ろでごそごそ何かをしていたが、そのうちこちらへやってきて屈《かが》んだ。いっぱいの欠片を持っていて、それを剝げた地面にころころと置いた。そしてひとつを取り、ひび割れと欠片の断面が合うように、右へ左へ回転させ始めた。

「……なにしてんの？」

我慢できなくなって、僕は尋ねた。

「ひび割れに合う欠片を探してんの」

「……なんで？」

「だって、こっちの方が面白くない？」

千歳さんは言った。「パズルみたいで」

僕はひび割れから欠片を穿る。

隣で千歳さんが欠片を埋める。

「お」

欠片が亀裂と一致して、千歳さんは「よし」と拳を握った。

「完璧じゃないけど、それなりにはまった」

僕の聖域を犯されているのに、不思議と千歳さんに腹は立たない。

「佐々木くんも、ちょっとやってみなよ」

千歳さんは、僕に大きな欠片を差し出した。

僕は欠片を受け取って、千歳さんと一緒に、ひび割れに合う場所を探した。

◇

「……千歳さん、どうしてここに?」

「用具室にバイト先のロッカーの鍵を忘れちゃっててさ。それを取りに行った帰り」

「バス使わなかったの?」

「風も涼しいし、散歩がてら歩こうと思ったんだよ。そしたら、電器屋さんから佐々木くんが出てくるのが見えて。すぐに追っかけたんだけど見失って、なんか悔しくてうろうろ探してたら、この広場の廃車の横に影が伸びてて」

そうか、影かと僕は思った。完全にビートルの陰に隠れなきゃ、照明の角度的に通り側へ影が伸びる。千歳さんはそれを見つけたのだ。

「図らずして佐々木くんの秘密を知っちゃった」

千歳さんは「ふへっへえ~」と変な笑い方をした。

亀裂に合う欠片を探しながら、僕はその笑い方が気になった。上目遣《うわめづか》いでにんまりしながらアヒル口から息を吐く、なんとも気の抜けた笑い。見れば見るほど明らかに僕をからかっている笑い。

といっても、そんなことでいちいち僕の腹は立たない。

立たないが、恥ずかしいやら悔しいやら憎らしいやらが入り乱れた変な気持ちになって、このへんてこな顔をずっと浮かべている彼女になんとか一矢報《いっし》いたいと思ったのは確かだ。

「秘密のない人間なんかいない」

冷静に言おうとして、険のある声音になってしまった。ムキになっているのがまるわかりだ。僕は改めて「僕ってアホなんだな」と思った。

しかし千歳さんは少しも動じず、「ふうん?」とへんてこな顔のまま首を捻った。

それがまた僕に拍車をかけて、

「千歳さんだって、秘密のひとつやふたつあるでしょ」

「え〜?」

「隠してるっていうか、人に知られたくないことがあるはずだよ」

「どうかな〜?」

勢いづく僕とは裏腹に、千歳さんは楽しそうだった。

その余裕な感じ、それがまた僕を煽《あお》り立《た》てる。

「秘密なんてないって言うの?」

「そんなこと言ってないよ」

「バカにしてるじゃん」

「バカになんてしてないよ」

IIV
【単行本】

12月24日発

『ヘビ、ハチ、ムカデは至宝を隠

圧倒的な知識と考察で描かれる
出雲大社の謎に迫る本格歴史ミステリ

篠宮奈流美は、亡き父の論文の手がかりを探すため、生前父と交流のあった糸魚川の郷土史家・衿角家を訪ねる。学者並みの知識を持つ青年、児嶋陸を紹介された奈流美は、父から聞いていたヘビ、ハチ、ムカデ、そして出雲大社というキーワードから消えた論文の捜索の協力を陸に求めるのだが……。

著者／浜矢スバル
装画／爽々
判型　四六判／ハードカバー

ジャンルを超えたエンタメがココ

なく苦しい"愛"の物語
発行・ドワンゴ／発売・KADOKAWA
第3回 ＩＩＶクリエイターアワード小説部門
≪最優秀賞≫受賞作
過去を変えられる
秘密のアプリ
でもそれは
真っ白い殺人鬼
と、秘密のアプリって知ってる?」教室の片隅にいると、楽しそうな女子たちの噂話が聞こえてき
過去を自由に変えられる】という夢のようなアプリ。けど秘密のアプリは夢なんか与えない。その
ら噂は現実となり、僕たちの『普通』は壊れていった。
三輪・キャナウェイ
清原紘
判型　四六判／ソフトカバー

千歳さんは立ち上がり、ビートルの中から新しい欠片を持ってきた。

そうしてころころと欠片をひび割れに合わせながら、

「そりゃあ、私にだって秘密はあるよ」

どんな、とは口にしない。しないが、それがどういう秘密なのか、僕はとても知りたかった。

一方的に僕の秘密だけ知られて、千歳さんの秘密を知らないままでいるというのは、なんだか不公平な気がした。

このままじゃずるい、千歳さんの秘密も教えてよ――。

でも、その本心を言葉にできるほど、僕は無恥《むち》じゃない。

「じゃあ、当ててみてよ」

そんな僕の気持ちを見透かすように、千歳さんは意地悪な顔をして言った。

「私には、どんな秘密があるでしょうか。当てたらちゃんと教えてあげる」

僕はひび割れに欠片をはめながら考えた。

千歳さんの秘密……。

「紫外線恐怖症」

「なんで?」

「ハイネックで日焼け予防してる」

「あはは。じゃあゴルフ場でバイトなんてしないよ」

亀裂の断面に合う欠片は、そう簡単には見つからない。僕が四年をかけて穿ってきたひび割れだ。大きいものから小さいものまで、欠片の数は百を越えている。その中から手探りで合うものを見つけ出していくのは至難の技で、千歳さんもそれはわかっているはずだ。

けれども僕たちは、ひび割れに欠片をあてがうのを止めなかった。

「犬が怖い」

「ブー」

「じゃ猫が」

「ブー」

「すごく足が遅いとか」

「ブー」

「実はカナヅチ」

「ブー。私、泳ぐのめちゃ得意」

そうだ。今日の夕方、千歳さんの家で見た写真を思い出す。あの写真の中の千歳さんは、なんとかいう水泳大会の表彰状台で、第一位の賞状を持っていた。

写真といえば、テレビ台の横の写真立てを眺めていた時、僕はハイネックの他にも違和感を覚えていた。友達とも、母親とも、ひとりでも——どの千歳さんも笑顔で楽しげに写っていた。けれど、だからこそ、あっていいはずのものがなかったのだ。

「お父さんと、仲が悪いとか？」

僕が言った途端、明らかに千歳さんの様子が変わった。

彼女は、ぐっと周囲の空気を飲み込むような、重々しい雰囲気を出した。まるでこの世の終わりを前にしたような……大げさでもなんでもなく、それくらいの「暗さ」を出した。けれどそれも一瞬のことで、「なんでそう思ったの？」と、彼女はいつもの調子で言った。

「千歳さんちの写真立てに、お父さんとの写真とか、家族写真がなかったから」

「なるほど」

千歳さんは頷いた。

「佐々木くん、いい探偵になれるかもよ」

「……当たってた？」

「半分当たりで、半分外れ」

千歳さんは笑った。

「うち、お父さんいないの」

「亡くなったの？」

「ううん。出てっちゃった。私たちを捨てて、お母さん以外の女の人と」

「そっか」

千歳さんは苦笑した。

「ずいぶん冷静だね。普通、『変なこと聞いてごめん』とか言うよ」

「そうだね」

「そうだよ。少なくとも私がこの話をした時の周りのみんなはそうだった」

「みんな、なにに謝ったんだろう?」

「それは……」

千歳さんは考えるふうに顎に手を当てて、「……なんだろ?」と言った。

「出てっちゃったとしても、いないの? って聞くこと自体はなんにもおかしくないって僕は思う」

「聞かれた方は傷つくかもしれないよ?」

「僕は別に傷つかないけど……」

「まるで体験したことがあるような口ぶりだね」

「うん。僕んちもお母さんがいないから」

千歳さんは静かになった。

「気を使わなくていいよ。いないのは仕方ないんだから」

「……出てっちゃったの?」

「違うよ。僕が中一の時に、病気で」

通りの車の音も、セミの声も、どこか遠くに行ってしまった。この広場には、ひび割れに欠片を合わせる、ゴトゴトという重い衝突音しかしなくなった。

千歳さんはおそらく迷いに迷って、「そっか」と呟いた。

「ね」と僕は言った。

「そっか、って言うのが、お互いに一番楽だよ」

「そうだね」

千歳さんは立ち上がり、うーんと伸びをしながら、「佐々木くんも片親かあ」と言った。

「私の秘密を知られたけれど、代わりにまたひとつ佐々木くんの秘密を知っちゃった」

「そんなの、秘密でもなんでもないよ」

僕は言った。

千歳さんはきょとんとした。そして嬉しそうに「そうだね」と言った。

◇

翌日の午前中、とうとう避雷針ができた。

できたというか、あるところで妥協した。計画通りに完成しなかった理由は明白で、ドライバー、アイアンともに必要な最低本数を集めきれなかったのだ。

まあそりゃそうだろうな、と僕は思った。ドライバーだけなら六十七本、アイアンはそれ以上。いくら千歳さんがゴルフ場を駆け回ったところで、ひと夏の間にそう簡単に集められる本数じゃない。給料で買い足したものを入れても、目標には届かなかった。

「このペースじゃ八月中に落雷させられない」と判断した千歳さんは、涙を飲んで、避雷針が20mに達したところで完成とした。使ったクラブは、ドライバー二十八本にアイアン三十本。ドライバーの節十四個、アイアンの節十個から成るこの避雷針を立てたらどんなことになるんだろうと、僕はわくわくした。

「完成！」

楠の木陰。束ねられた無数の節を前に、千歳さんは拍手をしながら「おめでとうございます！　ありがとうございます！」と言った。

「ほんとに作れちゃったね」

僕が言うと、千歳さんはしみじみと頷いた。

「佐々木くん、本当にありがとね。佐々木くんの協力のおかげだよ」

「いいよ。僕も楽しかった。設計図通りにいかなかったのがちょっと残念だけどね」

「まあ、きっと大丈夫だよ。高さは足りてるし、理論上はこれで雷を落とせるはず」

千歳さんは微笑んだ。

「あとは雷雨を待つだけだね。ちょうどよく夏休みの間にそういう日があればいいなあ」

それから僕と千歳さんは科学部室へ行き、机についてスマホの天気予報とにらめっこをした。

今日も科学部員たちはいない……というのは、部員たちが課外学習に出ている日を千歳さんが狙っているからだ。毎度のことながら勝手に使っちゃっていいのかなと僕は緊張するけれど、実の部員である千歳さんが「いいんじゃない？」と言うんだから、いいんだろう。

「週間天気では、雨の日はあるけど雷マークは出てないね」

「あれ？　佐々木くんのそのサイト、どこ？」

「ウェザーニュース」

「私の見てる気象庁の予報とちょっと違う。そっちでは土曜が雨になってるけど、こっちはただの曇り」

「所属してる気象予報士が違うから、予報もサイトごとにまちまちなんだよ」

「へー、そうなんだ。みんなで示し合わせて発表してるわけじゃないんだね」

今日は八月十一日。

夏休みが終わる八月三十一日まで、猶予は二十日間。

「うまくいくのかな」

「きっといく。予感がある」

千歳さんは胸を張った。

「ひとまずこの雨マークがついてる土曜日……十六日に注意しておこう。ゴロゴロ鳴りそうだったらすぐに倉庫前に集合、リヤカーに節を乗せて、ゆうひの丘まで持っていくということで」

「わかった」

「じゃ、今日はこれで解散にしよっか」

そう言って千歳さんが席を立ったその時、窓の外から「ばしゃばしゃ！」と大きな音が聞こえてきた。

千歳さんは慌てたように窓に飛びつき、半身を乗り出して外を見た。

なんだろうと思い、並び立って見てみると、水泳部がプールで泳いでいた。

「あのバタフライ、先輩だ……」

千歳さんはぽつりと呟き、うっとりと頬に手を当てて、

「てぇてぇ……」

ぴんぽん、と、千歳さんのスカートのポケットでスマホが鳴った。彼女はプールに視線を固定したまま、緩慢な動きでスマホを取り出し、それが視界に入るように顔の前に持ってきて、目だけ動かして小窓のメッセージを見た。

「お母さん……あ！」

千歳さんはバッと室内に身を入れて、

「しまった、今日どうしても受け取らないといけない荷物があるとかで、十二時から留守番頼まれてたんだった！」

千歳さんは壁掛け時計を見て、

「やば、もう十一時半！　約束破ったらしこたま怒られる！」

急いでバッグを摑み、

「ごめん、佐々木くん！　先帰る！」

そのまま、風のように科学室を後にした。

ひとり取り残された僕は、改めてプールを見た。

50mを泳ぎ切った先輩が、ざぶんとプールから出てきた。帽子を脱いでゴーグルを外し、頭を振ってきらめきを飛ばす。細いのに肩幅は広く、むきむきの筋肉をしている先輩は、部員と言葉を交わし、笑いながらおどけるような仕草をした。

僕は窓を閉め、鍵をかけて、科学室を出た。

「帰る？」と隣のモグ。

「いや」

バッグに入れてきてよかった、と僕は思った。「漫研で漫画を描くよ」

◇

部室のドアを開けた途端、凍《ここ》えるくらいの冷気が漂ってきて、「寒！」と僕は身を抱いた。

長机に大の字になって、おヘソを出した部長が寝ている。こないだも見たような景色だけれど、少し違うのは、傍《そば》に積まれている漫画が『うる星《せい》やつら』になっているところだ。

部長が眠っているのは都合がよかった。起きていたら絶対にあーだこーだと漫画に口出ししてくるから。僕は十七度というバカ丸出しの温度になっているクーラーを切って、いそいそと机に原稿用紙を広げた。

ネームは切れた。今はそれを下書きとして原稿に起こしている。その下書きも、たぶん今日中に終わる。つまり、ペン入れから仕上げまでに残された時間は二十日間。千歳さんの避雷針に落雷があるのが先か、僕の原稿が仕上がるのが先か……。

僕は夕方まで集中して漫画を描いた。

幸いなことに誰も部室には来ず、部長もひたすら寝ていた。

息休めを挟みながら五時までやって、帰り支度をした。なんだか筆が乗って、なんと下書きを終わらせることができたのだ。この調子で夜にはもうペン入れを始めようと思い、原稿をまとめたところで、「んがっ！」と部長が起き上がった。

部長は寝癖でぼさぼさになった頭を掻き、ぼんやりした顔で「ここはどこだっちゃ？」と言った。

「部長、いくらなんでも寝すぎじゃないですか？　もう五時ですよ」

「うーん……だって昨晩徹夜したし」

部長はあくびをした。「ああ、ラムたん……なんかいい夢を見てた」

「僕、帰りますね」

僕は部室を出ていこうとした。

「ちょっと待って、佐々木くん」

部長はのっそりと机から降りて、

「あれ、どうする？」

「あれって？」

「明後日からの合宿」

「合宿？」

僕はきょとんとした。

「おいおい、グルチャに送ってたろ。明後日の十三日から十五日の朝まで、二泊三日、学校に泊まり込んで夜通し漫画を語る会だよ。お盆に帰省しない組でやろうって」

僕はスマホを取り出し、LINEを開いて見た。確かに、漫研のグループトークにドカカカと送られている様々なメッセージのひとつに、合宿のお知らせについてのものがあった。

「すみません、完全に見逃してました」

「まったく、頼むよ」

部長は寝癖を撫でつけながら、

「それで、佐々木くんはじいちゃんち行ったりすんの？」

「いや、そんな予定はありません」

「じゃ、ぜひ参加してほしいな。きみが来てくれたら、一年生は全員参加だ」

「え、全員？」

部長は「そうだよ」と頷いた。

池田と斎藤はいつも顔を出す部員だから合宿の参加も当たり前として、僕で全員ということは、残りひとりの一年生——漫研紅一点の渡辺《わたなべ》さんも来る、ということか。

「珍しい。渡辺さん勉強狂いだから、夏期講習で忙しいんじゃ」

「ね。俺も参加表明を受けた時は驚いたよ」

部長はメガネのブリッジを上げて、

「しかし、渡辺くんが来るのは嬉しいことじゃないか。彼女の好きな漫画について、一度色々話してみたいと思ってたんだ」

僕だってそうだ。渡辺さんは学校が終わるといつもサーッと塾に行ってしまうので、同じ部員でもまともに話したことがない。

ここは僕も参加したい……そう思ったけれど、やっぱりどうしても懸念があった。

合宿に参加すれば、原稿が遅れるんじゃないだろうか。

このペースでいっても、おそらく完成は〆切ギリギリだ。なのに貴重な三日間を合宿に使っていいものだろうか……。

僕はひとまず、「考えさせてください」と部長に言った。できるだけ早めに結論を出すことを約束して、部室を出、学校を後にした。

夕陽の眩しい聖ヶ丘通りを行く。ちょうど同じくらいに終わったのだろう、部活動生たちもちらほらいる。ふと空を仰ぐと、オレンジの皮を直線に剝くような飛行機雲が走っていた。

その雲を見て歩きながら、今日は遅くまで漫画を描こうと僕は思った。どうしてかはわからないけれど、描きたくて仕方がない……というより、描かなきゃいけない気がする。今描かなきゃダメなような……徹夜だってしてもいいという気持ちになっていた。

そうと決めたなら、それなりの準備がいる。漫画を描くのはたくさん頭を使うから、糖分がいるだろう。もちろんお腹も空くだろう。

僕は来た道を引き返し、コンビニに寄って夜食を買い込むことにした。

そうしておにぎりやチョコをたんまり買ってコンビニを出ようとした時、自動ドアの前で誰かにぶつかりそうになった。

「おい、あぶねえな」

目の前の、背の高い男が言った。

僕はすぐに「すいません」と言って、その男が誰だか気づいた。

「あれ？　お前……」

岸先輩は僕の顔をしげしげと見て、

「あ、いつだか千歳と一緒にいた奴じゃん」

◇

岸先輩は背伸びで店内を見渡して、

「今日は千歳と一緒じゃないのか？」

僕は頷いた。

「ふーん」

岸先輩はそれきり僕に興味をなくしたようで、店の奥へ行こうとした。

「あの！」

自分でも、本当にびっくりした。

僕は、岸先輩の背に声をかけていた。しかも、叫ぶような大声で。

レジの店員と他のお客さんたちが、何事かと僕を見る。岸先輩も驚いて僕を見ている。隣のケルベロスとちびフランケンも目を丸くして僕を見ている。

「……何？」

岸先輩は訝《いぶか》しそうな顔をした。

「あ……」

僕は萎縮《いしゅく》して二の句が継げない。

「……なんもないなら行くけど」

岸先輩が身を翻《ひるがえ》そうとして、

「千歳さんって」

どうにか声が出た。

岸先輩は、ぴた、と動きを止めた。

「千歳さんって、水泳部、辞めちゃったんですか？」

「は？」

岸先輩はぽかんとした。

どうして僕がそんな質問をしたのか、僕自身もわからない。ただ、とにかくなにか千歳さんのことを言わなきゃいけない、ここで言わなきゃいけないんだというわけのわからない衝動《しょうどう》が言葉になってこぼれていた。

僕は震えているのを悟られまいと、太ももをつねりながら岸先輩の答えを待った。本当はこの人の前から逃げ出してしまいたい。でも、絶対に逃げちゃ駄目《だめ》だった。

「いきなりなんだよ。それに、辞めちゃったんですか、って」

岸先輩は後ろ頭を掻いて、

「辞めるもなにも、そもそも千歳は水泳部に入ったこと自体ねぇよ」

え、と僕は思った。

「……つっても、高校では、だけどな」

岸先輩は続けて言った。

「中学の時は水泳部だったよ。学校が違っても名前が聞こえてくるくらい、もんの凄い才能のある奴で、もう色んな大会で入賞しまくり。本人も泳ぐのが楽しくて仕方ない、って感じでよ」

先輩は小さく笑った。「飄々《ひょうひょう》としてるのに、裏ではとことん努力してたはずだ。本当に凄い奴だよ」

「……じゃあ、どうして高校じゃ科学部に」

「俺が知りたいくらいだよ」

そして岸先輩は、ぐっと体を僕に寄せた。どこか鬱陶しそうに目を細めて僕を見下ろし、「あのな」と低い声で前置きして、

「お前、千歳の彼氏?」

「……いえ」

僕がか細い声で答えると、岸先輩はフッと鼻で笑って、

「だよな」

今度こそ僕に興味をなくして、店の奥へと歩んでいった。

僕には、「だよな」の後に岸先輩が隠した言葉がわかっていた。声にはなっていない。でも、鳴らした鼻の奥底から、それが聞こえるようだった。

お前なんかが。

僕はコンビニを出て、スマホを手に取った。漫研のグループトークを開いて、「僕も合宿に参加します」と返事をした。

連日の徹夜をすれば、父に怪しまれる。

でも、学校なら父はいない。いくらでも描ける。

◇

八月十三日になり、お盆と共に漫研の合宿が始まった。

午前十一時に部室へ着くと、僕以外の参加部員が昼食の準備に取り掛かっていた。斎藤と池田がスーパーのビニール袋をガサゴソしている。ガスコンロにボンベをはめていた部長が、

「来たか、佐々木くん」と言った。

「ちょうど鍋《なべ》を始めるところだよ」

「八月中旬に?」

「盛夏《せいか》に鍋をしたらいけないという法律はない。言い忘れたが合宿中の食事はずっと鍋だ」

部長はイヒヒと笑った。

「部長、五食分の材料買い込んできたんだってよ。学校と店を三往復して」

斎藤が呆れたように言った。「筋金入りのバカですよこの人は」

「よせやい、そんなに褒めるな」

「褒めてません」

「よっぽど合宿が楽しみだったんだろうな」と池田が僕に耳打ちした。「まあ、クーラーつけてやるみたいだから死にゃせんよ」

僕はすぐにでも図書室で漫画を描き出そうと思っていたが、部長があんまりきらきらした瞳をしているので、この昼食だけは一緒にとることにした。

「なにか手伝えることはないですか」と聞くと、部長は「野菜の運搬係をしてくれ」と言う。近くの手洗い場で渡辺さんが野菜を洗っているから、それをどんどん部室まで運んでほしいと。

そういえば部室に入る時、向こうの水道で女子がなにかをしていたような気がする。

部長の指示通りに手洗い場へ向かうと、僕に気づいた渡辺さんが「おー」と手を上げた。

「久しぶり、佐々木くん」

渡辺さんは蛇口を閉め、両手の水滴を払いながら言った。

「元気にしてた？」

「うん。渡辺さんが部活に来るなんて珍しいね」

「母が『ちょっとは息抜きしてきたら？』って。私が勉強ばかりしてるから、怖くなっちゃったんでしょう」

「心配してくれてるんだよ。いいお母さんじゃん。それに渡辺さんが来るってなって、みんな喜んでたよ。もちろん僕も」

「へえ？」

渡辺さんは珍しいものでも見るかのような目を僕に向けて、

「佐々木くん、なんだか変わった？」

「どこが？」

「以前はそんなに饒舌《じょうぜつ》じゃなかったと思う」

「そうかな」

「そう。しかもモテそうな男の言い回しをするだなんて」

僕はハッとして、慌てて「違うよ」と言った。

「かっこつけたわけじゃなくて、正直に、本当にそう思ったんだよ」

「わかってるわ。あ、野菜を取りに来てくれたんでしょう？」

渡辺さんは笑って、洗い終えた野菜が満載の大きなザルを僕に渡し、

「これで第一陣と言うんだから、ちょっと見ない間に部長もあんぽんたんに磨きをかけたみたい」

そうして彼女が指差した先の水受けには、まだまだ野菜がてんこ盛りになったザルがふたつもある。

「どんどん洗っておくから、また取りに来てね」

渡辺さんはにこやかに言った。

◇

ここは相撲部かと錯覚するほどの鍋を食べ終え、漫研一同はしばらく休息することになった。予定では昼食後、『アキミ』新号についての感想会をすることになっている。でもあまりに全員の胃袋がはち切れそうなので、部長が英断を下した次第だ。

一同、顔に濡れたおしぼりを乗せて天を仰いだり、両腕を投げ出して机に伏せたり、ぐったりしている。僕も横になりたいところだったが、頑張って席を立った。ぽんぽこになったお腹を抱えて、

「僕、ちょっと出ます」

「ゲロか?」

「いや部室を」

そのまま扉を開け、図書室へ行こうとした。

「漫画描くのか？」と斎藤。

「うん」

「そっか。がんばれよ」

鍋の最中に話したところによると、斎藤の漫画はあとちょっとの微調整で完成するらしい。〆切まで何度も読み返し、違和感のある部分を少しずつ修正していくという。

「自分で言うのもなんだけど、俺はなにかとんでもない傑作を生み出してしまったのかもしれない。ぜひ読んでくれよ。佐々木のも上がったら読ませてくれ」

僕の進捗《しんちょく》はというと、序盤のペン入れが始まったばかり――全四十ページのうちの、最初の二ページを終わらせただけだ。斎藤に比べると、僕はずいぶん遅れているようだった。いや、斎藤と比べなくても遅れているのは明白か。猶予はあと二週間……その間に、残り三十八ページのペン入れから仕上げまで叶うのだろうか。

叶うか叶わないかじゃない。

やるしかなかった。

僕は図書館でみっちり五時間、午後六半時まで原稿を進めた。室内にはほとんど生徒の出入りがなかったので、膨満感《ぼうまんかん》に苛《さいな》まれつつも集中して励むことができた。お盆の初日だし、読書家な生徒はここで読まずに借りて帰る。勉強する生徒は自習室を使っているんだろう。

斜陽が窓から差し込む頃、僕はブリーフケースを持って図書室から出た。僕を待っていたのか、続いて司書役の先生も出てきてドアに鍵をかけた。

漫研へ向かう。

遠くからヒグラシの声が聞こえる廊下は、窓から差し込む光で蜂蜜《はちみつ》を流されたようになっている。見慣れている光景なのに、ひとりの生徒もいないこの廊下の先は、どこか異世界に繋がっているような気がする。

僕は歩調を速めた。

ぺたぺたと自分の上履きの音がそっくり自分の鼓動みたいに聞こえる。ブリーフケースの中の原稿が揺れている。B棟の二階へ続く階段を上り、踊り場に差し掛かる。少しだけ窓が開いていた。立ち止まって、窓の外を見る。すぐ近くにある国道19号線を車が走っている。隣接する林が空気にとろけている。遠く向こうに並び建つマンションたちが、揃って茜色の光を着ている。

強い風が吹いた。

僕はフッと歩み出した。

漫研のある二階に着いて、そのまま三階への階段を上った。さっきより暗い色になった廊下を進んで、科学室の扉の前で立ち止まった。

少しだけ息が切れていると、初めて自覚した。

このドアを開けば。

このドアを開けば、千歳さんがいそうな気がする。

僕は扉の取っ手に手をかけた。

目を閉じて、深呼吸をした。

目を開けて、ドアを開こうとした。

鍵がかかっていた。

◇

その夜、僕はみんなが寝静まってからも漫画を描いた。

暗い部室でやるわけにもいかないので、僕はB棟の屋上に続く踊り場で作業をした。ここはすぐ頭上に電灯があるし、使っていない机と椅子が放置されているのでいい。そこで朝方までカリカリやった。息抜きに屋上に出てみたかったけれど、しっかり施錠されていた。

不思議なことに眠くならないし、頭もずっと冴《さ》えている。

でも、体がついてこなかった。

ペン入れはとても集中する作業だ。ここはこう引きたいという線を狙って、時には下書き通りに、時にはそれをあえて逸脱《いつだつ》しながら黒を入れていく。

朝六時を迎えた時点で、手が思ったように動かなくなってきた。自分でも笑っちゃうくらいぷるぷる震える。ちくりと痛みがあって、なんだろうとペンを持つ右手を見ると、中指の側面が腫《は》れていた。ペンだこだ。

僕は右手をかざして、そのペンだこをうっとりと見つめた。

まるで漫画家のようだった。

「この勲章《くんしょう》をやるから、ちょっと休め」と、体が言っているようだった。

「その通りだぜ、修司。少しでいいから寝ろって」

僕の隣で伏せていたキバが、顔を上げて言った。その首には様々な宝石のあしらわれた、豪《ごう》華絢爛《かけんらん》な首輪が巻かれている。

「けど、描かなきゃ間に合わない」

「だからこそだ。無理には限界が来る。ぶっ倒れたら描くどころじゃなくなるだろ？　急いで描くためにも寝ておくんだ」

キバの言葉に、ガオとモグも頷いた。

「勇者の右腕として認められた者に与えられる、この王家の首飾り。今日はこれを俺たちに巻いてくれただけでも十分さ」

ケルベロスが立ち上がると、首飾りのきらめきが金平糖《こんぺいとう》のように辺りに散った。ケルベロス

に背中を預けて寝ていたちびフランケンが「ごん」と頭を床に打ちつけてしくしく泣き出すと、

「君は勇者を支える弓兵でしょう？　こんなことで泣いてはいけません」

ガオが言って、ちびフランケンは自分の背負っている弓と、腰に吊った矢入れを交互に見た。その弓矢に勇気を貰ったのか、ちびフランケンは涙を拭い、胸を張った。

「ちびくんも、修司のおかげでずいぶんたくましくなったよお」

モグが嬉しそうに言った。「僕らと一緒に悪の皇帝を倒しに行く自覚が芽生《めば》えたんだろうねえ」

「修司、頼みます。寝てください」と、ガオが真剣な顔で言う。

僕は「わかったよ」と頷き、ケルベロスの言う通り、仮眠を取ることにした。

スマホで時刻を確認する。午前六時十二分。

部室に戻り、音が出ないようドアを開ける。中を覗くと、薄暗い部屋に、寝袋にくるまった部員たちが転がっている。カーテンの隙間から朝陽が差し込んでいた。

持参した寝袋を回収してから屋上前の踊り場で寝ようと思っていたけれど、室内には部員のバッグやらスマホやら筆記用具やら膨れたビニール袋やらお菓子の包みやらプラスチックのトレーやらペットボトルやらアヒルの人形やらが散乱していて、足の踏み場がない。おまけにイモムシみたいな池田が寝ぼけてむやみにもぞもぞしていている。このまま中に入れば、必ず何かを踏んづけて、誰かを起こしてしまうだろう。

「佐々木くん」

どうしようかなと考えていると、いきなり後ろから声をかけられて、僕は飛び上がりそうになった。慌てて振り向くと、眠たそうに半目だけ開けた渡辺さんが立っていた。

「おはよう」

「あ、うん。おはよう」

「今戻ってきたの？」

「うん」

「夜通し漫画描いてたの？」

「うん」

渡辺さんはまぶたをちょっぴり開き、三分の二目をして「えー」と言った。

「すごい、佐々木くん。キアイ入ってるね」

「ちょっとペースが遅れてて」

「根《こん》を詰めすぎるのはよくないわ」

「うん。だから寝に来たんだ」

渡辺さんは「なるほど」と頷いた。

「渡辺さんは、なんで外に？」

「お花を摘みに」

「え？　まさか、部室でみんなと一緒に寝てたの？」

「そうだよ。どうして？」

渡辺さんの家は学校の近くにある。だから僕はてっきり、彼女だけは家に帰って寝るんだと思っていた。むさい男の中で女子がひとりで寝るなんて、ライオンの檻《おり》に肉を投げ入れるようなことじゃないか。

「あ、心配してくれたのね。平気平気。漫研の男たちなんて去勢されたネコじゃない。なにかしてくるような度胸があるわけない」

言いながら渡辺さんは目をこすって、

「ところで、なんで入らないの？」

「いや、入ったらみんなを起こしちゃうかなって」

「え？　いいじゃない別に」

渡辺さんは部室に入り、ちょうど目の前を這っていた池田を踏んづけた。「ぎゅっ！」と鳴く池田を無視して、彼女は部員のバッグやらスマホやら筆記用具やら膨れたビニール袋やらお菓子の包みやらプラスチックのトレーやらペットボトルやらアヒルの人形やらをもれなく踏んで音を立てながら、部室の隅にある自分の寝袋に入って、普通に寝息を立て始めた。

◇

合宿二日目の朝もまた、部長の宣言通りに鍋だった。

やたらやかましくて目を開けると、朝からヤケクソになっている部員たちが鍋をつついていた。僕が寝ているのなんておかまいなしだ。みんなを起こさないように気を使っていた僕って一体?

スマホを見ると、九時二十分。三時間は眠れた。体もずいぶん楽になっている。

僕は軽く鍋を食べてから、また図書室にこもって漫画を描いた。合宿に来たくせに部活に参加しないのをとやかく言わないのは、みんなの優しさだ。「漫研で漫画を描くのはなんにもおかしいことじゃない」と部長は言ってくれた。「漫画談義は我々に任せて、君は心おきなくGペンを握りたまえ」

物事に集中していると、時間の法則は簡単に乱れる。

ついさっき用紙に向かい始めたと思ったのに、気がつけばもう夕方になっていた。

頭は追いついていないが、時間の経過が体のバキバキ感でわかる。ずっと椅子に座っていたから、色んな関節が固まっている。疲れも溜まっている気がする。全身にうっすらと錘《おもり》がまとわりついているような感じがあった。

ただ、疲労の分だけ原稿は進んだ。

合宿中にできた原稿は二十枚。この調子でいけば、あと二日でペン入れは終わる。すると、仕上げまでの猶予はなんと二週間。二週間もあれば、ずいぶん納得いく形で作品ができると思う。「人間、やればできるもんだなあ」と、よく聞くようなことを身をもって体感する。

僕は意気揚々《いきようよう》と図書室を出て、部室へ向かった。

昨日と同じ道順で廊下を行きながら考える。

この二日間、千歳さんからは一度もＬＩＮＥがなかった。なんとなく期待が胸に芽を出して、鍋を食べながら、漫画を描きながら、僕はいつもスマホが鳴らないか気にしていた。

今日は、科学室にいないかな。

そんなことを思いながらＢ棟への渡り廊下に差しかかった時、数人の生徒の話し声が聞こえてきた。

見ると、あの先輩——岸先輩たちだ。

水泳部の部活終わりだろう、みんな短髪が濡れている。「お前なんかが」という言葉が聞こえてくるようで、僕はとっさに校舎の中に身を隠した。ばれないように外を窺い、先輩たちが過ぎるのを待った。

「先輩！」

聞き間違えるはずはない。

ぴた、と足を止めた先輩の許に、千歳さんがやってきた。

先輩と千歳さんは何かを数言喋り、笑い合った。それを見ていた水泳部の部員たちが「ひゅーひゅー」と口笛を吹いて囃《はや》し立《た》てる。先輩は逃げる部員たちを追いかけていく。千歳さんは嬉しそうに胸の前で両拳を握り、跳ねるようにどこかへ行った。

僕はゆっくりと校舎から出て、先輩たちと千歳さんがいなくなったのを確認してから、再び歩き出した。

二階への階段を上りながら、岸先輩と話していた時の千歳さんを思い出す。

陽に向かうひまわりのようだった。

◇

科学部の活動があったんだろうか。それともまた何か忘れ物をして取りにきたんだろうか。もしかしたら避雷針の様子を見にきたのかも知れない。

部室に帰ってから、僕は千歳さんがどうして学校にいたのか理由を考えた。結局、答えは見つからない。上の空で部員たちと夕食の準備をし、味の薄い最後の鍋を食べた。

それからプール横にあるシャワー室で入浴を済ませて、僕と部員たちは部室へ帰りしな話をした。

「実に有意義な合宿であったね」

「そうですね。部長のおかげで高橋留美子《たかはしるみこ》作品の知識と体重が増えました」

切れかけた廊下の電灯が明滅している。どこかから涼しい風が忍び込んできて、僕たちの間をすり抜けた。ぺん、と音がするので見ると、窓に大きな蛾《が》が貼りついていた。

「佐々木くんは捗《はかど》ったかね？」

少し前を行く部長が言った。

「はい」

「ずいぶん頑張ってたな」と斎藤。

「お前クマすごいよ。歌舞伎役者みたい」と池田。

部室に戻ると、自宅で入浴を済ませてきた渡辺さんが雪見だいふくを食べていた。ほのかに上気した顔で、彼女は「おかえり」と言った。

「渡辺くんもシャワー室借りればいいのに」

「嫌。シャワー室、外にある。虫がいる」

その後、僕たちはしばらくだらだらと過ごした。

十二時になり、二日間の総括となる談話を部長が始めた。僕にとっては完全に漫画を描くだけで、漫研としての活動といえばへろへろ喋りながら鍋を食べるだけだったけれど、終わるとなるとなんだか寂しい。それはみんなも同じようで、どことなくしんみりした空気が流れた。

が、途中から部長が「俺は大好きな仲間たちと大好きな漫画について語れて嬉しいんだ」と言って涙ぐむもんだから、僕たちは盛大に吹き出した。

「部長、泣いてんすか？」

「うわちょっとやめてくださいよ気持ち悪いなあ」

「俺はあ、みんなと出会えてえ、よかったなあってえ」

「ヒエ〜、この人マジだ！」

部長はいよいよ鼻水を垂らして泣き出し、僕たちはおののいた。そして何を思ったか、顔面をぐちゃぐちゃにした部長は両手を広げて僕たちにハグをしようとした。「ギャッ！」と池田が飛《と》び退《の》き、代わりに抱きつかれた斎藤が部長に頬ずりをされて卒倒した。渡辺さんが悲鳴を上げながら部室を逃げ回る。僕は『アキミ』を盾にして部長と距離を取った。

「俺は昔からあ、漫画好きって言ったらバカにされてえ、オタクだっていじめられてきてえ、でもお、好きなものを好きって言ってもいいんだってえ、そんな世界があるんだってえ、漫研に入ってえ、みんなと出会って思えたんでえ」

渡辺さんが「嫌、寒いいい」と絶叫《ぜっきょう》する。でもすごく楽しそうな顔をしている。「わかったから部長、落ち着いて！」と長机を挟んで池田が逃げ惑う。でもすごく楽しそうな顔をしている。「誰か俺にティッシュを」と斎藤がうめいている。

「なあ、最後の夏の思い出に仲間みんなで抱き合おうよ、そして絆を確かめ合おうよ」

部長は自分の役どころを察したのか、両手をわきわきさせて渡辺さんに迫った。

「部長、それはセクハラでは!?」

「いいんだっちゃ、いいんだっちゃ」

「いやあ、来ないで!」

渡辺さんはゾンビと化した部長に向かって、身近に落ちていたお茶のペットボトルを投げた。まだ中が残っていたので重量があるペットボトルを頭に喰らい、部長はひっくり返った、が、すぐに立ち上がり「わたなべ〜」と、ペットボトルを投げ返してきた。

渡辺さんはすんででそれをかわし、今度は机に転がっていた小箒《こぼうき》を投げた。それに倣《なら》って池田も手近のからしチューブを投げる。部長は難なくそれらを手で払い、お返しにと自分の寝袋に入れていた枕を投げた。

その枕は、僕の右側頭部に命中した。

痛くはなかったけれど、左の耳の穴から何かが抜けていったような気がした。

と同時に、岸先輩と話す千歳さんの笑顔が浮かんで、急激に岸先輩のことが憎くなった。どうしてかは、わからない。でも、憎くて憎くて仕方がなくなってしまった。

僕は雄叫《おたけ》びを上げて、部長に枕を叩きつけた。僕はマジだったけれど、部長は「やったな!」とにやにやしていた。

そして、その僕の一投こそが、部室内に膨らんでいた興奮の風船を割る一針になった。

復活した斎藤も戦線に加わり、部室にはものが飛び交い、大声が響いた。

なんでもいいから、手当たりに次第に摑んで投げる。鉛筆、消しゴム、ティッシュ箱、マウス、ボンベ、割り箸《わりばし》、ガムテ、手羽先の骨、池田の脱ぎ散らかした靴下……そのうち投げるものが尽きてきて、いよいよみんなの武器は棚に収納されている漫研部に受け継がれし歴史的所蔵物になった。

アイデアノートの雨が降る。

スケッチブックの鳥が飛ぶ。

枕投げならぬ先人の思い出投げは混乱を極めて、いつの間にか部長・斎藤・池田の連合軍VS渡辺さん・僕の同盟軍という構図が出来上がっていた。長机を倒し、部室を北と南に二分割してひっちゃかめっちゃか物を投げる。北が同盟軍、南が連合軍の陣地だ。

いったい何をしたら終戦になるのかわからないまま戦いは続いて、とうとう業を煮やした斎藤が、卒業生の誰かが美術部からパクってきたと思しき古い画板をぶん投げた。

「死ねやー!」

斎藤の手から放たれた画板はフリスビーのように回転し、長机の陰に隠れる僕たちの頭上をひゅんと過ぎていった。その過ぎていった先にあるのは窓で、トルクのついた画板はガラスを簡単に突き破って夜の闇の中に消えていった。

バラバラとガラスの破片が降り注ぎ、渡辺さんがこれまでとは違う色の悲鳴を上げた。

僕を含め、一同はぽかんと窓に開いた穴を見つめた。

静かになった部室に、穴から夜風が入り込む。

◇

「おいおい、なんじゃこりゃ」

惨憺《さんたん》たる有様の部室を前に、漫研顧問の大田《おおた》先生はため息をついた。

「誠に面目ございません」

部長がしょんぼりと言い、僕たちは頭を下げた。

申し開きのしようもなく、とりあえずしこたま油を搾《しぼ》られた僕たちは、部室の後片付けとガラスの掃除を命じられた。窓ガラスは参加部員全員の割り勘で弁償することになった。

「親御さん用の書類作って送っとくからな。お前らもちゃんと伝えとけよ。まあ、そんなに大きな額にはならんとは思うけど」

そうして大田先生は「めんどくさいめんどくさい」とぶつぶつ呟きながら部室を出ていった。

僕たちは粛々《しゅくしゅく》と掃除をした。いったいどうしてモノの投げ合いが始まったのか発端を思い出せない。僕は箒を持ってガラスの破片を一箇所に集めた。掃かれたガラスが甲高《かんだか》い音を出して、ゴミ袋をまとめていた渡辺さんが「ひっ」と小さな悲鳴を上げた。

僕は渡辺さんを見た。

渡辺さんは、まるでゴキブリが出たかのように身を引いてガラス片を見つめていた。

「どうしたの？」

僕が聞くと、渡辺さんは「いや、ちょっと……」と口ごもってから、

「私、ガラスが怖くて」

「ガラスが怖い？」

「ガラスというか、ガラスの破片が怖いの。窓みたいに割れてない状態だったらなんともないんだけれど」

「なんで？」

「中三の時に、ガラスの破片でケガをしてしまって」

渡辺さんはガラス片と距離を取り、ゴミ袋をまとめるのを再開しつつ言った。

「掃除中に、ひびの入った窓を割ってしまったの。拭き掃除をしてて、思い切り、バリン、って。幸いそれほど大ケガにはならなかったんだけど、あのギラッとした鋭いガラスが目の前に迫《せま》ってくる感じが忘れられなくて……」

その時、僕は魚の小骨が喉《のど》に引っかかるような違和感を覚えた。

その話は、どこかで聞いたことがある。どこかで……。

「ねー、ゴミ袋こっちにもちょうだい」

一角で掃除をしていた池田が言って、渡辺さんは「はーい」と手を振った。

池田――そうだ。

七月の末、『喫茶れすと』で、池田妹から聞いたんだ。

「渡辺さん、もしかして中三の時に千歳さんと同じクラスだった?」

僕が言うと、池田にゴミ袋を渡していた渡辺さんは「え?」と驚いたように振り返った。

「千歳さん?」

「そう。千歳藍子さん」

「ええ。一緒だったわ」

やっぱりだ。

池田妹が言っていた、「掃除時間に窓ガラスを割っちゃった子がいた」……その子とは、この渡辺さんなのだ。

「その日の帰りの会で、千歳さんは先生を殴ったの?」

僕が聞くと、渡辺さんはいよいよ驚いて、

「佐々木くん、どうして知ってるの?」

「いや、だって結構有名な事件だし。他のクラスにも聞こえてきたんだよ」

本当は知らなかったけど。

「……そっか。そうよね。本当、千歳さんには申し訳ないわ……」

渡辺さんは、心なしか暗い表情をした。

「確かに、千歳さんは先生を殴った」

「どうして？」

「私のために怒ってくれたの」

そうして渡辺さんは、その事件の顚末《てんまつ》を語ってくれた。

◇

「その日の掃除時間、当時の担任の先生が、千歳さんと私に窓ガラスを拭くよう指示したの。特に大窓の上の小窓が汚れているから、念入りに掃除してほしい、って。

千歳さんは小窓を見て、そこにほんのわずかな亀裂が走ってるって先生に指摘した。

『もしかしたら、掃除中に割れちゃうかもしれません』

でも先生は『あれくらいなら大丈夫だろ』って言って、乾拭《からぶ》き用の新聞紙を渡してさっさと教室を出ていった。

その後、千歳さんの懸念が的中するの。私が掃除をしていた小窓が大きく割れて、ガラスの破片が顔に降り注いだ。軽傷だったけど、私は顔を切って保健室へ連れていかれた。

それからしばらくの後、帰りの会で先生はこう言った。

『今日、掃除中に窓が割れてしまいました。みんなも気をつけて掃除しないと、ケガをしてしまいます』

まるで全部私が悪いみたいな言い方。先生だって悪いはずなのに。だって、千歳さんがひびを指摘してくれたのに、先生が大丈夫って言ったのよ。

みんなが私をジッと見つめてきたのがわかった。私は悔しくて、でも何も言えなくて、ほっぺの大きなガーゼを押さえたまま、うつむいて涙が溢れそうになるのを耐えるばかりだった。

その時、『えっ』っていう誰かの声がして、私は顔を上げた。

千歳さんが席を立って、つかつかと教卓に歩み寄っていた。先生は『どうした？』って、不思議そうに千歳さんを見た。

そして千歳さんは、先生の顔を殴りつけたの。

悲鳴の起きる教室で、私は千歳さんがこれ以上ないほどの剣幕で、お腹の底から叫んだ言葉を聞いた。

その言葉をはっきり聞き取れたのは、教室の中でもたぶん私だけだったでしょうね。だってみんな、白目剝いてぶっ飛んだ先生の姿でパニックになってたし、他の女子たちがきゃあきゃあ言ってたしで、本当に騒然としてたの。

でもね。私はずっと、ずっと千歳さんを見てたから——瞳を縫われたように、肩で息をする千歳さんを見つめていたから、その言葉が聞こえた」

◇

「その一件で、千歳さんは謹慎になってしまった。千歳さん、何も言わないけれど、本当は私のために怒ってくれたのよ。顔をケガした私のために」

渡辺さんは、自分の右頬を触った。

「ほら、ここにうっすら傷があるのわかるでしょ？　その時の」

「……わかんない」

僕が言うと、渡辺さんは笑った。

「佐々木くんは優しいね」

そうして渡辺さんは全てのゴミ袋をまとめ終え、「これ捨ててくるね」と言って部室を出ようとした。

「ねえ」

僕は渡辺さんを呼び止めた。

渡辺さんは足を止め、振り返った。

「先生を殴った時、千歳さんはなんて叫んだの？」

渡辺さんは「ああ」と頷いて、

「責任を取れ」

◇

こうして漫研合宿はちょっぴり苦く終わり、十六日になった。

今日は雨なら朝から学校で千歳さんと合流し、ゆうひの丘に避雷針を運んで一日中待機する予定になっていた。でも、起きてすぐにカーテンを開いてみると、抜けるような青空が広がっていた。清々《すがすが》しいほど天気予報が外れたのだった。

『じゃ、今日は休養日ってことで。引き続き天気予報に注意しつつ、チャンスを待とう』

千歳さんからＬＩＮＥが入り、僕はちょっとだけ残念な気分になった。僕は、僕たちの作った避雷針が立つところを早く見たかった。うまくいってもいかなくても、空を突く避雷針の姿をこの目に焼きつけたかった。

お開きになってしまっては仕方ないので、僕は変わらず漫画を描いた。それこそ朝から晩まで、食事以外はほぼ休まずにやった。九ページ分のペン入れを終えたのは二十時。手が震えてきたので、その日の作画を止めることにした。

「修司、ペン入れの速度が上がってない？」

モグが言った。

「最初の頃に比べて、ずいぶん速くなってるよお」

「そうかな」

「そうだよお。それに、速度だけじゃなくて絵もうまくなってる気がするよお」

傍らのケルベロスは立ち上がり、全身を見せびらかすように部屋を闊歩《かっぽ》した。その体には硬そうなオリハルコンの鎧《よろい》が、みっつの頭には立派な兜《かぶと》が載せられている。

「素敵な装備をありがとうねえ」

モグが嬉しそうに言うと、ベッドの上にいたちびフランケンも「みてみて」とその場でくるりと一回転し、上質なめし皮のブーツの踵《かかと》をかんかんと合わせて「じゃきん」と言った。

「もう絶対に皇帝に勝てるわ、これ」

キバがふがふがした。「早く、早く戦わせろ！」

「明日にはバトルシーンに入るから、待っててくれ」

僕が言うと、ケルベロスとちびフランケンは「やったあ！」と飛び上がった。

僕はみっつの頭とちびの背を撫でた。「休憩しよう。空き地へ行こう」

◇

夢かと思ったけれど、ぎゅっとつねった太もものベタな痛みは本物だった。

空き地に、千歳さんがいた。

彼女は僕のいつもの場所に膝を抱えて座り、ひび割れのパズルをしている。「♪いかずち～」と歌を唄いながら、欠片をころころさせている。

「あの」

僕が背後から声をかけると、千歳さんは「うわっ！」と声を上げ、前のめりに倒れそうになった。大きな目を大きく見開いて振り返り、

「佐々木くん、驚かせないでよ！」

「いや、驚いたのは僕のほう……」

言いながらひび割れを見ると、こないだよりずいぶんピースが埋まっている。

「いつからいたの？」

「うーん、涼しくなってきてからだから、六時くらいかな」

「二時間もいるの？」

「そうだよ。バイトも部活も休みでヒマだから」

千歳さんは座り直して、またゴトゴトとパズルを始めた。

僕も千歳さんの隣に座ってパズルをした。

「千歳さん、一昨日学校にいた？」

「え？　いたけど、なんで？」

「見かけたから」

「あら。漫研？」

「うん。千歳さんは？」

「私は……」

千歳さんは口をつぐんだ。そのままシンと十秒くらい経って、

「今日ここに来たのは、ヒマだからっていうのもあるけど、佐々木くんに相談があるからでもあるんだ」

と、千歳さんは考えるふうに顎に手を当てて「あるからでもあるって、日本語として合ってる？」

「合ってるんじゃない？　わかんないけど」

「そっか。じゃ、あるからでもあるんだ」

千歳さんは咳払いをして、

「一昨日、学校にいたのはさ。先輩に会いに行ったの」

あの時考えないようにしていた、当たったら一番嫌だなと思っていた予想が当たった。

「二十四日にさ、多摩センターでお祭りあるじゃん。それに一緒に行きませんかって誘いに行ったんだ」

「そう」

「でね。なんとOKを貰えたんだよ……！」

千歳さんは、薄暗闇でもはっきりわかるほど頬を赤くした。

「機種変した時に先輩のLINE消えちゃってさ、直接誘うしかなかったの。でも、勇気出してよかった……！」

「そっか」

「それでさあ。……私、お祭りの花火が終わったら、先輩に告白しようと思ってるんだよね」

「うん」

千歳さんは目を丸くして、

「え？　驚かないの？」

「いや。千歳さんの様子見てて、先輩のこと好きだって気づかない人はいないと思う」

「え、マジ？」

千歳さんは両頬を押さえてうつむいた。「えー……うわ、えー……」

「あのさ。なんであんな先輩のこと好きになったの？」

悔やんでももう遅い。

そう言って一番驚いたのは、僕だった。

どうしていちいちそんなことを聞いたのか。どうしてそんな棘《とげ》のある言い方をしたのか。

よせばいいのに、なんなんだよ。

いや……なんでよせばいいんだ？　なんなんだ？　恋にやきもきする千歳さんと日陰者の自分とを対比して、いかにも青春を謳歌《おうか》している彼女に嫉妬《しっと》したのか？　自分にとっての敵であるあの先輩の本質を見ようとせず、わかりやすい甘酸っぱさに酔っぱらっている彼女に腹が立ったのか？　ん？　先輩は僕にとっての敵なのか？　それこそなんでなんだ。先輩になにかされたわけじゃないのに。ていうかもう、どんな返答であったって別にいいじゃんか。

わかっている。

わかっているはずなのに、なぜこんなにムカムカするんだ。

次に彼女が口を開くまでの数秒間、説明のつかない気持ちが頭の中で嵐のように吹き荒れていた。ケルベロスとちびフランケンは、どこか遠くにいた。

「まあ、佐々木くんが苦手に思うのもわかるよ。先輩、ちょっと威圧感あるっていうか、距離の縮《ちぢ》め方がへたっぴだもんね」

千歳さんは苦笑した。

「でもね。本当はとても優しい人なんだよ。勘違いされやすいだけなんだ」

頬を赤くし、嬉しそうに先輩のことを語る千歳さんを、僕は見たくなかった。自分で聞いたのに、それ以上聞きたくもなかった。

そして、聞きたくもないのに、聞かずにはいられなかった。

「中二の夏にね。私、水泳の大会当日に、自分のゴーグルを隠されたことがあったの。決勝の前に。誰がやったのかはわからない。でも、誰かが私の目を盗んで、バッグから抜いてたみたいで。競技が終わった後に、更衣室のゴミ箱から出てきたって連絡あってさ」

空き地を包むセミの声が大きくなる。

「別にゴーグルがなくたって、泳げるっちゃ泳げるんだよ？　けど、もう面白いくらいに動揺しちゃって。こう見えて小心者なんだよ、私。レース前はいつも口から心臓が出そうになってるし、少しでも練習と違うコンディションになったら途端に崩れちゃう」

羽虫のたかる街灯が、じりじりと鳴っている。

「それで結局、レースは大負け。もう悔しくて悔しくて、水から上がって、プールサイドを歩きながら泣いちゃった。ゴーグルさえあればって。昨日の夜も、出発前も、何度も何度も確認したのに、どうしてないのって。そしたらギャラリーがさ、『よくやったぞー！』とか、『諦めんなー！』とか声援を飛ばしてくるわけ。いやいや待って！　そういう涙じゃないの！　って叫びたかったよ」

千歳さんは笑った。

「でね。そうしてプールからロッカーに続く廊下を泣きながら歩いてたら、向こうから先輩がやってきた。女子の後は男子のレースだったんだよね。私、転校する前で学校は違ったけど、先輩とは顔なじみだったから、必死に涙を拭って、先輩を応援しなきゃと思って、立ち止まって『ファイトです！』って拳を握ってみせたの。そしたら、そしたらね……」

千歳さんはそこで口ごもり、どこまでも恥ずかしそうに「……ねえ、笑わない？」と呟いた。

僕はひび割れの地面を見つめたまま頷いた。

「……そしたらね。先輩、何も言わずに私の頭に手を置いて、ぽんぽん、って……」

笑えなかった。

「……いや、引かないで！　そりゃ、普通の女子は好きでもない人にいきなりこれやられたらめっちゃ嫌だと思うよ。ほんともう、やめろ！　ってなると思う。……でもね、私はそれが、それがなんだかすっごく嬉しくて、嬉しくて……」

千歳さんは、その時を思い出すかのように息を吐いた。

「私、こんな背でしょ？　だからね、父親以外の男性に頭を撫でられたことがなかったの。だって、みんな大体私より背が低いんだもん。どっちかって言ったら、私の方が男子のつむじ見てる。……だから、自分より大きな先輩が、自分より高いところから頭を撫でてくれたのが、それも、変な励ましもなく、何も言わずにそうしてくれたのが嬉しかったんだと思う」

千歳さんは真っ赤な頬を歪めて「うへへ」と笑った。

「しかも、しかもさ。先輩がかっこいいのはそれだけじゃなくてさ、」

もういいよ、と言えればいいのに。

「先輩、ぶっちぎりで優勝した後、すぐに私のところに来て。それで、自分のつけてたゴーグルを外して、私にくれたの。『次はこれつけて出な』って。そりゃ好きになっちゃうって」

もういいよと言えないのは、もういい理由から逃げるためだった。

「先輩、私の涙がゴーグルのせいだってわかってたんだよね、きっと。だからあの時……」

それから少しだけ黙った後、千歳さんは「あー恥ずかしかった！」と言って、ぱん！　と自分の両頰を叩き、

「……で、話を戻すけど。佐々木くんへの相談っていうのはさ。女子の方から告白するのって、やっぱちょっとイタいと思う？　しかも花火終わりだなんて狙いすぎかな？　忌憚《きたん》のない男子目線の意見を聞きたいんだよね」

千歳さんはひび割れの欠片を拾いながら、「佐々木くんなら、真摯《しんし》に答えてくれそうだからさ。それに私、佐々木くんしか男友達いないし」

男友達、

「いいと思う」

僕はすぐに答えていた。

「女子の方から告白するのも、花火が終わった後のタイミングも。――僕なら、嬉しい」

「ほんとに？」

「ほんと」

「誓って？」

「誓って」

「マジだよね？」

「マジ」

千歳さんは、おそらく僕の顔を見つめた。

僕はひび割れを見つめていた。

「――そっか」

千歳さんは欠片を置いて立ち上がり、「よし」と拳を握った。

そして、

「ありがとう、佐々木くん。佐々木くんにそう言ってもらえて、改めて勇気出た！」

その無垢《むく》な希望に満ちた彼女の声を聞いて、僕はとうとうムカムカの理由にも、もういいよの理由にも追いつかれた。その理由たちは重力のある手で僕の意識を摑み取り、逸らしていた目を無理やり事実の方へと向け、それを自覚しないことを許さなかった。

僕は、僕の知らない千歳さんと先輩の時間を知るのが嫌だった。

僕が永遠をかけても入ることのできない、ふたりの過去を知るのが嫌だった。

夏の夜風が吹く。バチン、と街灯が音を立てた。感電したセミが落ちて、地面に転がった。

第4章

ぺけぺけ、
『先輩のＬＩＮＥゲット！　めちゃ嬉しいんだけど！』
ぺけぺけ、
『しかもなんかめっちゃメッセージ来るんだけど！』
ぺけぺけ、
『え、これって脈あり？　どう思う？』
ぺけぺけ、
『たかまってまいりました』
ぺけぺけ、
『いやあ、そんなうまくいくかな？』
ぺけぺけ、
『ありがとう、佐々木くん。生きてりゃいいことあるってのはホントだね』
ぺけぺけ、
『私、生きててよかったよ』

◇

その夜も、僕はベッドに寝転がって千歳さんとLINEをしていた。

空き地で自分の気持ちを吐露《とろ》して以来、千歳さんは夜な夜な、岸先輩との仲の進展具合を僕に報告してきた。その報告によれば、LINEの交換をきっかけに岸先輩とうまくお近づきになれて、今では中学生の時以上に仲良くなったという。

彼女は暇さえあれば先輩とメッセージを交わしているようだった。僕は彼女ののろけをふんだんに浴びせられ、心ここにあらずの相槌《あいづち》を選びながら漫画を描いた。

そうして過ごしているうちに八月も二十日を過ぎ、夏休みも残すところ十日となった。

一応とはいえ避雷針は完成したので、あとの僕たちがすべきことといえばチャンスを待つだけだ。ふたりで色んなサイトの天気予報をチェックするのも忘れていない。

けれど、なんというか、LINEで来る言葉の端々から……千歳さんが返信をするまでの時間、選ぶ言葉、その内容から、僕はそこはかとなく、彼女が避雷針に対しての興味を失いつつあるんじゃないかなと感じていた。

うまく言えないが……夏休みが始まった頃の彼女の情熱の炎が、今は落ち着いてしまっているような。キャディのバイトまでしてクラブを集めていた彼女のやる気が、今は萎《しぼ》んでしまっているような。「どうしてそう思ったの?」と聞かれれば「なんとなく」としか答えようがないけれど、そんな気がしていた。

そして、千歳さんがそんな雰囲気を漂わせ始めたのもまた、僕に相談をしたあの空き地の夜、その翌日のLINEからだ。

『ウェザーニュース、どんな感じ?』

「二十五日に雨マーク出てるけど、どうする?」

既読がついてから五分の間があって、

『強い雷が鳴ったら、計画を実行しよ』

その五分の間に、僕は彼女の気のなさを感じるのだった。

「わかった」

『ああ、でも、二十五日かあ。お祭りの日の翌日だね。心配』

「心配?」

『いや、前倒しして二十四日に雨が降らないかなって。最近の天気予報よく外れるじゃん』

僕はスマホの画面に表示された週間天気予報を見た。二十四日は晴れ時々曇りとなっている。

『お祭りの日に雨が降りませんように』

僕はそのメッセージを見つめ、やがて「そうだね」と返信した。

◇

宿題を犠牲にペン入れは進み、あと一ページで全てを終えるところまで来た。この時点で八月二十三日。なんと予想よりずいぶん余裕を残して仕上げ作業に入れる。順調にいっているのは、それだけ睡眠時間を削っているからだ。

午前十時半。窓の外ではそれこそマンガみたいな入道雲がもくもくしている。僕はクーラーを効かせた部屋で、最後の一ページに取り掛かっていた。ラストシーンはとりわけ気合を入れて臨《のぞ》まなければならない。悪の皇帝を倒した後、風に吹かれて黄金に輝くススキの草原で、勇者とケルベロスが別々の道に歩み出していくシーンだ。

「俺たち、ついにここまで来たんだな」

机の上の原稿を覗き込んで、キバが言った。

「はい。ずいぶん長い旅でした」

ガオがしみじみと言った。

「あの大冒険の日々が懐かしく感じるぜ」

キバはニイッと笑ったが、すぐに「でもよ」と哀愁《あいしゅう》を帯びた声で、

「俺たちの冒険が終わっても、思い出は消えない。旅の道中にあったことも、帝国との戦いも、

俺たちの記憶にはずっと残るんだ」

　ガオとモグは頷いた。

「ありがとよ、修司」

「ほんとにねえ。修司のおかげで、すごく楽しい旅だったよお」

「感謝でいっぱいです、修司。あなたはもう、立派な漫画家です」

　おすわりをしたケルベロスは、僕の隣ですんすんとみっつの鼻を鳴らした。

「なんだよ、気が早いな」

　僕は苦笑して、みっつの頭を順番に撫でた。

「そういうのは、しっかり最終ページが終わって、仕上げまでできてからにしてくれよ」

「いやあ、でもお、なんだか感動しちゃってえ」

　モグは瞳を潤ませた。

「修司がボクたちの物語を締めくくってくれたこと……ボクは嬉しくてたまらないんだよお」

「そうだな。俺たちがお前の傍に生まれてから二年、ずっと狭い部屋の中でうろうろしているだけだったたからな」

「修司はやればできるのです。私は常にそう言っていました」

　みっつの頭は、それぞれにそれぞれの感慨に浸《ひた》っているようだった。

　僕は、ずいぶん立派になったペンだこを見た。

「あと少し」

　僕は言った。

「あと少し」「あと少し」「あと少し」

　ケルベロスのみっつの頭も続いた。

「あの」

　ずっと僕たちのやり取りを見ていたちびフランケンが、泣きそうな声で、

「ぼくもわすれないで」

　僕は笑った。

「わかってるよ」

　窓の外のセミの声が遠くに聞こえる。

　涼しい部屋の中、僕は汗だくになって最終ページを進めた。

　机の隅に置いていたスマホが鳴ったのは、作業を始めて間もない十一時のことだった。

『メーデー、メーデー』

　その奇妙なメッセージの送り主は「いずみ」とある。

　誰だろうと思って、

「あの、すみません。どなた?」

『あ?』

こめかみに血管を浮き出たせてニンジンをへし折るうさまるのスタンプが送られてきて、

『いずみだよ、いずみ』

「えっと、ごめん、わかりません」

こめかみに血管を浮き立たせてニンジンをへし折るうさまるのスタンプが送られてきて、

『あんたの親友の池田将暉《まさき》の妹だよ』

そうか、池田泉《いずみ》――池田妹かと思って、でもなんで僕にＬＩＮＥを？　と打つより早く、

『ちょっと今からウチ来てくんない？』

「なんで？」

『お兄ちゃんが死にそうなの』

◇

池田の家は聖ヶ丘学園通りの東、僕のうちから歩いて十分のところにある。近いっちゃ近いのだけど、この永山って地域は山を切り拓いて作った場所だから、東に行くにつれて標高が高くなる。なので池田の家に行くには、急勾配《きゅうこうばい》の長い階段を上らなくちゃいけない。小学校の頃から、それがとても億劫《おっくう》だった。

でも、親友が死にかけているのに行かないわけにもいかない。

僕は素早く準備を済ませて家を出た。

八月も下旬に入ったが、夏はまだまだ終わらない。相変わらずセミは絶叫しているし、蒸し風呂の中でかき回されているような風が吹いている。道路の先には蜃気楼《しんきろう》があって、湯気が立っているように見えた。

ひび割れの広場を過ぎ、滝のような汗をかきながら長い階段を上ってひじり坂を少し行くと、赤い屋根の二階建ての一軒家が見えてくる。生《い》け垣《がき》に小さな紫の花が咲き乱れていた。

門をくぐってインターホンを押すと、『あい』と応答があった。池田妹の声だ。

がちゃ、と玄関のドアを開けた池田妹は、パピコをくわえていた。池田妹は「上がって」と顎をしゃくった。

僕は上り框《かまち》で靴を脱ぎながら「池田は？」と言った。

「二階で寝てるよ」

「死にそうって、どういうこと？」

「風邪《かぜ》」

池田妹は「夏風邪はバカがひくのよね」と言いながらリビングの方へ行く。僕はそれについていく。この家に来るのも久しぶりだ。懐かしい池田家の匂いがした。

「おばさんは？」

「パート」

「なんで僕を呼んだの？」

「んー？」

池田妹はリビングの大きな窓を開け、バルコニーの先の庭を指差して、

「草取りして」

「え？」

雑草が元気よく伸びた庭を前に、僕は「なんで？」と言った。

「兄貴の代わりにってお母さんに頼まれたんだけど、ほら、この時間帯って紫外線半端ないじゃん？」

池田妹は平然とパピコを齧った。

「嫌なんだけど」と僕は言った。

「なに？　仲良しの女子が日焼けして真っ黒になってシミだらけになって皮膚がんになってもいいっていうの？」

「仲良しの女子？」

池田妹はボンと僕のお尻を蹴った。

「もちろんタダでとは言わない。やってくれたら私が直々《じきじき》に美味《おい》しいかき氷を作ってあげる」

池田妹は、テーブルの上にあった軍手と鎌をずいと渡した。

こんなことしてる場合じゃないと言い返したかったけれど、またお尻を蹴られそうなので、

僕は黙って庭に下りて草取りを始めた。こういう時は神経を逆撫でせずに、言われたことをサッサと終わらせた方が早い。

「池田、これはずいぶんな貸しだぞ」と心の中で呪詛《じゅそ》を唱えていると、涼しいリビングのソファに座り、新しいパピコを片手に雑誌を読んでいた池田妹が口をぱくぱくさせて、庭の一角を指差した。「あそこ刈り残してんぞ」と言っていた。

◇

あらかた草取りを終え、雑草をゴミ袋にまとめ終えると、鍵のかかっていた窓がガラリと開いた。池田妹が「お疲れ」と言って、タオルとポカリを投げて寄越した。

「綺麗になったね。ご苦労さん」

僕はタオルで汗を拭い、バルコニーに腰掛けた。

「じゃ、約束通りかき氷作ってあげる」

池田妹は台所へ行き、冷蔵庫を開けた。

僕はポカリを飲みながら、夏の青空を見上げた。

セミの声が吸い込まれている空は、まるで海を逆さにしたように青い。熱い光がカッと満ちていて、指で突っつけば底が破れて熱湯がこぼれてきそうだった。

お尻のポケットに入れていたスマホが、ぺけぺけ、と鳴った。

僕はスマホを取り出して見た。

『すごいこと起こったんだけど』

千歳さんだ。

『さっき科学部に顔出したんだけど、その帰りに先輩がアイスくれた』

僕の返信を待たず、

『やばくない？　やばいね？　もうそのアイス永久に取っときたいって思ったんだけど、溶けるから仕方なく食べたわけ』

「へぇ～？」

すぐ後ろで池田妹の声がして、僕はハッとスマホを伏せた。

池田妹は「なんで隠すの」と言って、水色のガラスの器にてんこもりになったいちごシロップのかき氷を僕に差し出した。

「今ＬＩＮＥしてたの、千歳さんでしょ？」

池田妹はウヒヒと笑った。

「なんだよ、結構うまくやってんじゃないの」

「そんなんじゃない」

「今日はその進展具合を聞きたくてあんたを呼んだとこもあるんだけどさ、こりゃ思った以上だったわ。どこまでいったの？　もうチスした？　チスってわかる？　接吻《せっぷん》。チス」

「違うって」

　まるで聞いていないらしく、池田妹はウヒヒヒヒと笑って僕の背中をばんばん叩いた。

「ホヘ～、あんたってああいう人がタイプなのね」

「あのさあ」

「まあ、千歳さんってスタイルいいし、なかなか整った顔してるもんね。なんつーの、モデル系？　私も転校してきた千歳さんがみんなの前で自己紹介をした時には『あらま、素敵！』って思ったもんよ」

　僕は無視してかき氷を口に運ぼうとし、池田妹のその言葉にいつか感じたような違和感を覚えてふと手を止め、

「素敵って思ったの？」

「ん？」

　池田妹は怪訝《けげん》な顔をして、

「そうだけど？」

「おかしくない？」

「なにがおかしいっつーのよ」

「千歳さん見て、まず『素敵』って思ったの？　むしろヘンって思わない？」

「なんで?」

「だって、制服の中にハイネック着てる転校生珍しいでしょ」

池田妹は小首を傾げた。

「いや?」

「いや、って……」

池田妹は言った。

「だって、あの時の千歳さんはそんなん着てなかったし」

◇

池田の家からの帰り道、僕は考えた。

千歳さんは言っていた。『インパクトのある登場をして、みんなに興味を持ってもらわないと』。そのためにハイネックを着て自己紹介をかました、と。

でも、中三の時に千歳さんと同じクラスだった池田妹は「千歳さんはハイネックを着ていなかった」と言う。なら、どちらかが嘘をついているということになる。

じゃあ、どうしてそんな嘘をつく必要があったんだろう。

池田妹がそんな嘘をつく理由……わからない。池田妹にとっては、別に千歳さんがハイネックを着ていても不都合はないはずだ。そもそも千歳さんがハイネックを「着ていなかった」ことにして、池田妹になんの得があるのだ。

そうしたら、嘘をついているのは千歳さんなのだろうか。

中三の転校時に、ハイネックを「着ていた」ことにしたかった訳。その訳はなんだろう。千歳さんは「キャラ付けのためにハイネックを着た」と言っていた。それが嘘なら、ハイネックを着続けることには、何か他の理由がある。つまり、彼女はその「本当の理由」を隠したいと思っている。

千歳さんがいつもハイネックを着ている、本当の理由。

キャラ付けのためじゃない。寒がりだからでもない。

僕はひび割れの広場に寄って、ビートルにもたれて目を閉じた。

そして、七月中旬、生物の校外学習で東屋の中に逃げ込んだ時から、共に避雷針を作り上げ、日常的にLINEをするまでになった今の今までの彼女のことを振り返った。

まぶたの裏に、びしょ濡れになった千歳さんがいる。

まぶたの裏に、虹を見て舌打ちをする千歳さんがいる。

まぶたの裏に、大きなメロンパンを齧る千歳さんがいる。

まぶたの裏に、電球の中の電気を見つめる千歳さんがいる。

まぶたの裏に、クラブをいっぱいに抱える千歳さんがいる。

まぶたの裏に、避雷針の節をまとめる千歳さんがいる。

まぶたの裏に、寂しそうに台所に立つ千歳さんがいる。

まぶたの裏に、ひび割れを埋める千歳さんがいる。

まぶたの裏に、窓に飛びついて身を乗り出す千歳さんがいる。

まぶたの裏に、ひまわりのような顔をする千歳さんがいる。

まぶたの裏に、頬を赤くした千歳さんがいる。

まぶたの裏に、千歳さんがいる。

◇

二十四日、夏祭りの日がやってきた。

朝食を終えた僕はすぐに家を出て、ひび割れの広場のビートルの中でぼーっとした。そうして十時くらいまでぼーっとして、家に帰って漫画の続きを描いた。せかせかと仕上げ行程をしているうちに十二時になって、適当に昼を済ませ、また広場のビートルで三十分くらいぼーっとして、また帰って作業に取り掛かった。

その一連の間、僕は片時も離さずスマホを持っていた。

片時も離せないのが自分でも不思議だ。いつ、どんなメッセージが来てもすぐに返せるよう、シャツの胸ポケットに入れたスマホが振動するのを気にしながら、僕は原稿を進めた。

外の世界とは無縁の涼しい部屋が、夏の中に浮いている。自転の速度が壊れてしまったように、壁掛け時計の針はぐるぐると進んでいく。一時になり、二時になり、三時になり……。

ぺけぺけ、
僕はホワイトを放って、スマホに飛びついた。

『おっすおっす』

送り主は池田だった。

僕はスマホをぶん投げかけた。

すると間髪《かんはつ》容《い》れず、

『こないだは世話になったらしいな。草むしりありがとう』

僕はため息をついた。

「いいよ。妹にかき氷もらったし」

『いや、それだけじゃ俺の気がすまないよ。お礼させてくれよ』

「お礼って?」

『窓の外を見るのだ』

僕は窓の外を見た。

店前の道にスマホを持った池田がいて、こちらを見上げてひらひらと手を振っていた。

僕はびっくりして窓を開け、大きな声で、

「なにしてんの？」

「今日、多摩センの夏祭りだろ？　一緒に行こうぜ」

「漫画があるんだけど」

「息抜きも必要だろ。なんでも好きなもん奢《おご》ってやるから！」

池田は額の汗を拭った。「それより、はよ出てきてくれ！　暑くて死にそう！」

僕は窓を閉め、仕方なく用意をした。「早くー！」と外から池田の声。「待って！」と応え、慌てて部屋を出た。

机上の原稿をしまわずに。

◇

永山駅から一駅隣、多摩センターは人でごった返していた。

家族連れに、大学生のサークルと思しき一行、浴衣《ゆかた》姿のカップルからお年寄りの夫婦まで、老若男女がイワシの群れみたいにひしめきあっている。改札を出て、早くも僕はげんなりした。みんながぎゅうぎゅうに固まっているものだから、蒸し暑くってたまらない。おまけにちびっ子がちょろちょろと足元を走り回るので、蹴っ飛ばさないよう気をつけて歩くのが億劫《おっくう》だ。

「ねえ池田、やっぱ帰ろうよ」

「んなこと言うなよ、ここまで来てさ」

池田はむりやり僕の腕を摑んで、喧噪《けんそう》の中へ引きずり込んだ。

駅を出てすぐ、レンガ敷きを模した大通りには屋台が並んでいた。食べ物の焼ける香ばしい匂いが漂ってくる。どこかにあるスピーカーから祭り囃子《まつばやし》が聞こえてくる。

このお祭りは都民にあんまり知られていないけれど、毎年、結構ハデにやっている。デパート『ココリア』から『サンリオ・ピューロランド』への一本道と大通りが交差する広場に太鼓《たいこ》隊が出て、その演奏をバックに、大通りをエイサーやら江戸芸かっぽれやら阿波《あわ》おどりやら多摩おわら節などを踊る一団が練り歩く。除草実験のために編成された「ヤギレンジャー」のヤギたちと触れ合うこともできる。日が傾くと、街灯に吊るした提灯《ちょうちん》と植え込みに置かれた行灯《あんどん》に火が灯り、夢のようなお祭りの全景がぽわぽわと浮かび上がる。

中でも見物《みもの》なのは、八時から打ち上げられる花火だ。

べつだん三尺玉を打ち上げたり変わり種が見られたりするわけじゃないけれど、お祭りの中で咲く花火は、それだけでとっても綺麗だ。小一の頃、僕は母と一緒にそれを見た。銀行前の植え込みの縁に座って綿あめを食べながら見たあの花火は、今でもはっきり覚えている。あんまり綺麗でド迫力だったから、逆にそれが作り物のように思えて、自分がこの世にいるような、いないような、変な気持ちになった記憶がある。

今夜、千歳さんはその花火を先輩と見るのだろう。

そして、花火が終わったら告白をするのだろう。

じゃあ、今はちょうど先輩と屋台を見て回ったりしているのかな。

「おい。なんでそんなにつまらなそうなの」

隣を歩く池田が言った。

「お祭りだぞ、お祭り。テンション上がるだろ」

「わかってるよ」

「なんか食いたいもんあったら言ってくれ。ごちそうしてやる。ただし千円まで」

僕たちは人波を縫って大通りを歩いた。

見るでもなく大通りの屋台を過ぎながら、僕は今の千歳さんがどうしているかを考えないようにした。それを考えてもどうしようもないし、考えるだけ不毛だし、大体なんで考えなきゃいけないのだ。

「いやもう暑い、暑くてたまらん」

池田はハアハアと息を切らして、

「ちょっとかき氷でも買って日陰に行こうぜ」

僕たちはかき氷の屋台へ向かった。けれどかき氷屋には長蛇の列ができていて、とてもじゃないけれど並ぶ気にならなかった。「だめだこりゃ」と池田は肩を落とし、

「イトーヨーカドーに退避」

僕たちは広場の角にあるヨーカドーに入り、一階のファストフード店『グリーンズコート』で涼をとった。店内はしっかりクーラーが効いていて、とても居心地が良かった。

「俺たちはいったい何をしに来たんだろうな」

ソフトクリームを食べながら、池田が言った。

「そうだね。僕は人に酔っちゃったよ」

「涼しい空間で並ぶことなく買えたこの素晴らしく美味しい夕張《ゆうばり》メロンソフトは二百二十円。地獄みたいな蒸し風呂で長時間並んで出てくる屋台のしょっぱいかき氷は三百五十円」

池田はぼんやりと虚空を見つめ、「なあ、屋台はヤクザの収入源ってほんと？」と呟いた。

「これからどうしようね」と僕は言った。

「せっかく来たんだから堪能したいけど、この人手じゃなあ」

「帰る？」

「いや……せめて花火だけは見たい」

池田はぺろぺろとソフトクリームを舐めた。「どっかで時間潰そうぜ」

僕たちは約一時間、グリーンズコートでジッとしていた。それからヨーカドーの近くにあるセガに行って、お祭りの喧騒を遠くに聞きながら、陽が沈むまでメダルゲームをした。

◇

辺りはだいぶ暗くなったけれど、温い風は変わらない。空は紫色で、夕方から夜へのバトンタッチの準備をしている。明るい提灯と行灯が暗闇を切り取って輝いていた。

ゲーセンを出た僕たちは、銀行前の植え込みの縁に座って花火を待った。母と並んで座った、あの植え込みだ。ここは以外にも穴場で、向かいのビルがちょっと邪魔《じゃま》だけど、しっかり花火が見える。

待つこと十分、街灯につけられたスピーカーから花火の開始を告げる放送が聞こえた。賞状を入れる筒のフタを取ったような音がして五秒、夜空に真っ赤な花火が咲いた。見物客たちがワアッと歓声を上げる。続けてどんどん打ち上げられる花火に彩られ、多摩センターの街は虹色の膜で包まれた。

脳みその奥に響くその花火たちを、僕は自分でも不気味なくらい冷静に見つめていた。

「綺麗だなー！」

花火の炸裂音にかき消されないよう、大声で池田が言った。

僕は頷いたけれど、実はそんなに綺麗だとは思わなかった。母と見たあの花火の方が何十倍も綺麗だった。

新鮮味のない花火が終わり、拍手が起こった。お祭りの終了を告げる放送があって、人々は駅に向かってどうどうと移動を始めた。まるで濁流《だくりゅう》のようだ。

「こりゃ電車は地獄だぜ」と池田。

「帰宅ラッシュが落ち着くまで、ちょっと待たない?」

「いいね」

僕たちは再びヨーカドーへ行き、四階にあるロイホの窓際の席に腰を落ち着けた。ここからは大通りの様子がよく見える。夕食を済ませる頃にはだいぶ人もはけてきて、帰るにいい頃合いになった。

僕たちはロイホを出て駅へと向かった。

作戦が功を奏し、駅までの道はずいぶん空いていた。でも誤算だったのは、小田急《おだきゅう》線が人身事故で停まっていて、振替輸送のためにもう一本の京王《けいおう》線に人が集中していたことだ。

「げえ、結局満員電車じゃん」

「もうバスで帰ろうよ」

「佐々木、頭いい!」

バスのりばは駅のすぐ下にある。幸いにもこちらはそんなに混んでいなかった。

僕たちは列に並んで五分ほど待ち、ミニバスに乗った。

前方の窓際の席に座って、ぼうっと車窓を見る。

きらきらした光が流線を描いて後方へ消えていく。今頃……とまた思いかけて、僕は頭《かぶり》を振った。

「ま、花火も見れたし、めでたしだな」

池田が言って、僕は頷いた。

バスは落合《おちあい》一丁目の停留所を過ぎ、多摩中央公園へ向かう。みんなお祭りを楽しみ尽くして疲れてしまったのだろう、車内はとても静かだ。

そうしてバスが白山神社《はくさんじんじゃ》前の交差点を左折し、加速を始めた時、僕はそれを見た。

暗い歩道に、千歳さんがいた。

いや——一瞬だったからわからない。

千歳さん、だったような気がする。

バスのヘッドライトが瞬間的に照らしたその千歳さんは、太い帯を締め、暗い色の浴衣を着ていた——けれど、その浴衣はだいぶ着崩れていた、気がする。それに、髪もぼさぼさだった、気がする。うつむいて、左手に巾着《きんちゃく》を提げ、右手に下駄《げた》の片方を持っていた、気がする。とぼとぼと、まるで幽霊のように歩いていた……気がする。

まばたきひとつの間に、僕の脳裏《のうり》にはそんな千歳さんの姿が焼きついた——ような、気がする。

バスは次の停留所へ向かう。

幻を見たかも知れない。

どうかしてる。僕はそんなに千歳さんに会いたかったのだろうか。あの人混みの中で、浴衣を着て、巾着を提げて、下駄を履いている、いつもと違う彼女に会いたかったのだろうか。先輩と一緒なのがあんまり楽しくなくて、暗い顔をしていて、そんな顔をしている彼女が僕と会って、ひとときでもパッと笑顔になったなら。「佐々木くんじゃん!」と嬉しそうに手を振りながら、彼女のほうから僕のところにやってくる——そんなことを考えていたのだろうか。

考えていたんだ。

◇

永山駅から帰路を辿り、自宅の前で池田と別れて、僕は裏から家に入った。

勝手口で靴を脱ぎ、台所に上がった時、違和感を感じた。

その違和感の正体は、音。

何か小さな音がする。

僕は台所を過ぎ、二階へ向かおうとして、足を止めた。

泣き声がする。

子どもが泣いているような声だ。

暗い廊下の先に、闇に伸びる階段がある。

僕は電気を点けた。

階段の一段目に、黒い水玉が染みていた。

その水玉は、階段の先に渡っている。初めは数滴だったものが、階段を一段、また一段と上るごとにてんてんとその数を増し、輪郭を大きくしている。

階段を上りきる。

二階の廊下には、とうとう多量の黒い液体がこびりついていた。何かを引きずった跡のようにべったりと伸びていて、ドアが開いたままで明かりの漏れている僕の部屋に続いていた。

部屋に近づくにつれ、泣き声が大きくなってくる。

僕は自室を覗いた。

ベッドのすぐ横で、ケルベロスが死んでいた。引き裂かれた体から真っ黒なインクの血を大量に流し、みっつの頭が目を閉じていた。黒い血溜まりの中、横たわったその体にすがって、ちびフランケンが泣いている。僕に気づいたちびフランケンは「あーんあーん」と声を上げ、僕の足元に飛びついた。ズボンの裾《すそ》に顔を埋《うず》め、ちびフランケンは大声で泣いた。

僕は部屋に入り、膝をついてケルベロスを揺すった。

ケルベロスはぴくりともしない。何度揺すっても、どの頭も、何も言わない。立派な首飾りも、鎧も、真っ黒な血でずぶ濡れになっている。

僕は立ち上がって、机上を見た。

漫画の原稿がむちゃくちゃに破られ、紙くずになって散乱していた。

原稿の隣には、一通の封筒があった。

僕はその封筒を手に取り、差し出し人を確認した。

『聖ヶ丘学園 大田正雄《まさお》』。

収められていた封筒を出して読んだ。

『平素はお世話になっております。修司くんの所属する漫画研究部の顧問、大田でございます。修司くんからお話があったことと思いますが、漫画研究部の部員が破損させました窓硝子《ガラス》の修繕費についてお知らせ致します。取り急ぎ、部員五名で勘定しましたところのひとり頭・金二千五百円の費用が必要となりますので、お手数ですが、』

「嘘をついてたんだな」

背後で、父の声がした。

僕は振り向いた。

乾いた音は後ろに聞こえた。まず視界がぐりんと左に傾いで、体がそのまま持っていかれ、僕はケルベロスの死体に倒れ込んだ。痛みはない。ただ右の頬と鼻の頭がびりびりして、焼けるような熱を持った。

「どうして俺がお前の部活を認めたか、高校に上がった時に言ったよな」

父の声は重く、そして静かだった。

「学校終わりは店番に立ってほしいところを、パソコン部ならと許してやったんだ。――それがどうだ。お前はマンガなんぞ、毒にもならんようなオママゴトを、しかも親を騙《だま》して……」

父に張られた頬を押さえながら、何も声が出なかった。

「嘘をつくような人間に育てた覚えはない」

父は踵《きびす》を返し、部屋から出ていった。

僕はケルベロスの死体に倒れ込んだまま、動けなかった。口元が「ぬる」とするので拭ってみると、鼻血が出ていた。

滴《したた》る僕の赤い血が、ケルベロスの黒い血溜まりに溶けていく。

僕はケルベロスの体に顔を寄せた。何も感じない。温かくも、冷たくも、柔らかくも、固くもない。何もない。そこには何もなかった。

今になって頬が痛み出し、僕は目を閉じた。

◇

ようやく身動きが取れるようになったのは、午後十一時半を回ってからだった。

僕とちびフランケンは家を出た。

ふたりで手を繋いで、夜道を歩いた。ちびフランケンはずっと泣いている。僕は何も言えないでいる。

そのまま僕たちは、ひび割れの広場に入った。

僕はビートルに乗って、運転席のシートを倒そうとした。けれどサビていてうまくいかない。めいっぱい力を込めたが、少しも倒れない。代わりに手が鉄サビだらけになった。

ガラスのないフロントの向こうに夜空がある。星は見えない。僕はちびフランケンを胸に抱き、シートに身を預けた。そうして、何もしないでいた。

「あのね」

動かないままどれくらい経った頃か、ちびフランケンが口を開いた。

「ぼく、しゅうじにあえてよかったよ。ほんとに、よかった」

ちびフランケンは僕の胸に顔を埋め、泣き腫らした目をパチパチさせて、ぽつりぽつりと言った。

「きっと、ケルベロくんも、そうだった。しゅうじにあえて、よかった」

僕は黙って夜空を見ていた。

「だからね。ぼく、うまれてきてよかったって、おもう。うんでくれて、ありがとうって、おもう」

僕は、胸の中のちびフランケンを見た。

ちびフランケンも、僕を見ていた。

「だから、かなしまないで」

ちびフランケンはそう言ってニコリと笑い、フッと僕の胸の中から消えた。

簡単なことだ。

嘘をついていたバチがあたっただけ。それだけ。それだけだ。

それだけだろうか。

大切な存在はいつだって勝手に連れていかれる。そういうものだと自分に言い聞かせる。それはこの世のルールなのだからと。仕方のないことなのだからと。

「あらぁ、上手に描けたねぇ」

いつだったか。らくがき帳にクレヨンで描いた魔法使いを見せた時の、母の声がした。

「修司は凄いねぇ。才能があるよ」

満面の笑みも、嬉しそうな声も覚えている。

なのに、僕の頭を撫でたその手の温度だけは、もう思い出せなかった。

僕は声を上げなかった。でもうめくくらいはいいだろうと思って、できる限り小さく泣いた。

◇

ビートルの中で夜を明かし、二十五日の朝になった。

重々しい雲が垂れ込め、今にも大雨が降ってきそうな天気だった。吹く風にも重量がある。時間を知りたかったけれど、スマホは充電切れになっていた。

僕はビートルから出て、ちらりとコンクリートを見た。千歳さんとしていたパズルは途中のままで、半端なひび割れがそこにある。少しだけ埋まっていて、大部分は埋まっていない。

また千歳さんとパズルがしたいな、と僕は思った。

でもそれは夢物語だな、とも思った。

昨晩の千歳さんの告白は、きっと先輩に受け入れられたろう。いつかコンビニで会った時の先輩は、明らかに彼女を好意的に見ていた。先輩と彼女が付き合うことになったら、もうふたりきりでここにはいられない。もし僕が先輩の立場だったら、彼女がよくわからない男と気持ちの悪い趣味に励んでいるだなんて嫌だから。

僕は路地に立ち、思案した。

家には帰れない。

じゃあ行くアテはといえば、ひとつしかない。

僕は学校へ向かった。降り出さないでくれと祈りながら通学路を行き、校門をくぐる。グラウンドを駆ける運動部の賑やかな声を聞きながら、B棟の漫研へ。

部室のドアを開けると、やっぱり部長がいた。

今週のサンデーを読んでいた部長は、僕に気づいて誌面から顔を上げた。窓はガムテでべたべたにされたダンボールで塞がれていた。

「佐々木くん、ずいぶん早」と言いかけて、部長は「んっ?」と眉根を寄せた。

「きみ、なんかシャツに血ついてない?」

「あ」

そこに意識が回っていなかったと、今、初めて気がついた。鼻血を流した後、僕は着替えないままここに来たのだった。

「ケガ?」

「いいえ、鼻血です」

「ふうん。あ、あときみ、またクマがすごいよ」

「それより部長。充電気持ってませんか?」

「充電気? あるけど」

僕は部長から充電気を受け取り、スマホを充電した。電源に繋いだまま起動して、時間を確認する。九時十二分。それからすぐにLINEを開く。

千歳さんからのメッセージはない。

続いてウェザーニュースを開いて、今日の天気を改めて確認する。

東京の上には、大雨を示すマークが出ていた。

時間帯別予報を見ると、夕方から夜にかけて特に激しく降るらしい。もしかすると雷雨になるかもしれない。そうなったら、千歳さんとゆうひの丘に行って、避雷針を立てる。彼女はまだ寝ているのだろうか。早くこの天気予報を見て、予定を組んで僕に知らせてくれないだろうか。

「朝メシ食べた？」

「いえ」

僕がスマホを見つめていると、ふいに部長が言った。

「これ食う？」

部長はあんぱんを差し出した。

「いいんですか？」

「いいよ」

僕はお言葉に甘えてご相伴《しょうばん》に与《あずか》った。

あんぱんを食べながら、僕は疑問に思った。

部長は、僕に漫画のことを聞かない。これが斎藤や池田なら、当たり前のように進捗を尋ねてくるだろう。でも、部長はそれをしない。

「俺は家にいるのが苦手でね」

僕の視線を感じたのか、サンデーに目を落としたまま部長は言った。

「大学生の姉貴がふたりいるんだけど、こいつらがもうとにかくうるさくて。小言をくれるとかじゃなくてな、シンプルに声がでかくてたまんないのよ」

「はあ」

「だからいつも、俺は朝早くから部室に来てるんだ。俺は静かなのが好きだからな。ここに避難してるんだよ」

「そうですか」

と言ってすぐ、

「あの、どうしてそんな話を?」

部長はちょっと黙った。

サンデーのページをめくって、

「ここは避難所として有益だからな。いつでも逃げてくるといい」

ああ、と思った。

部長はきっと、僕から何かを悟ったのだ。それはたぶん、この腫れた右頬を見たからだろう。

いや、シャツの血にも気づかなかった僕だから、もしかしたらクマや頬だけじゃなく、両目も真っ赤っ赤になっているのかもしれない。部長はそれらの全てを見て、僕に優しくしてくれているのだ。

「部長」

「なんだ」

「ありがとうございます」

「何が?」

雨が地面を打つ音が聞こえ始めた。

机についた途端に安心感が湧き、僕は頭を抱えるように突っ伏して眠った。

◇

僕は結局、そのまま部室で泥のように寝た。腰が痛くて目覚めた時には午後五時を回っていて、僕は床で寝袋にくるまっていた。いつの間にか一度起きて寝場所を変えていたようだけれど、まったく記憶がない。

「おはよう」

長机の上座についた部長が言った。朝と変わらない様子だが、読んでいる漫画がサンデーからヤンジャンに変わっている。

窓の外は暗い。部室にも電気が点いている。雨は上がっているけれど、空には不穏な空気が満ちていた。

僕はスマホを取って見た。

ＬＩＮＥは来ていない。

僕は尿意を覚えてトイレへ行った。

用を足して部室に戻る最中、廊下が刹那《せつな》に真っ白になった。

音はない。

でも、それは確かに稲光だった。

僕は部室に帰ってきて、再びＬＩＮＥを開いた。

来ない。

「部長、今、光りましたよね？」

「ああ」

とてもいい条件が揃いつつあるのに、千歳さんは何をしてるのだろう。

夏休みは残り少ない。またいつこんなにいい日が来るかはわからない。このまま一度も避雷針の実験にチャレンジしないままで終わってもいいのだろうか。駄目だったとしても、一度試してみたっていいんじゃないか。それとも、彼女はもう本当に雷に興味がなくなってしまっていて、どうでもいいと思っているのだろうか。

僕は部室で、千歳さんからの連絡を待ち続けた。

そのまま六時になって、部長が「そろそろ帰ろっかな」と席を立った。

「佐々木くんはどうする？」

「僕はもう少しいます」

僕は今日も家には帰らないつもりでいた。父に会いたくない。

「じゃ、鍵預けとく。帰る時は戸締まりよろしく」

部長は僕に鍵を渡して、部室を後にした。

全ての部活が終わり、完全下校になって校門が閉まる時間は午後八時。つまり午後八時まではここで時間を潰せるけれど、それからはまた宿なしだ。僕は今日もビートルの中で一夜を過ごす決心をした。もういっそあそこに住んでやろうと思うと、少しだけ希望が湧いた。

ただ悲しいかな、希望は湧いてもお腹は減る。僕はポケットからサイフを抜いて手持ちを確認した。三千二百八十円。一日三個のパンで乗り切るとして、だいたい十日は戦える。飲み物は水道があるのでタダ。お金が足りなくなったら部長に借りよう。そうしよう。

僕は今夜の夕食を買うべく、コンビニへ向かった。

道すがら、またピカッとした。音はないけれど、曇天の中で雷の種がうごめいている気配がする。

靴箱で靴に履き替え、敷地内を歩いてすぐ、煌々《こうこう》とするコンビニが見えてきた。

店に入ろうとして、レジでお金を払っている男子生徒の姿を見つけた。

その生徒は、水泳部の先輩……渡り廊下で、岸先輩と千歳さんに口笛を吹いていた先輩だ。

どきんと心臓が跳ね、僕はまた無意識に身を隠した。

店に入らず、コンビニの右手に回って息を潜める。

ほどなくして、その口笛先輩が退店してきた。

それに続いて、誰かが出てきた。

店の前で「お前また揚げ鳥?」と、誰かが言う。

その声は、岸先輩のもので間違いない。

危なかった、と僕は冷や汗を拭った。やっぱり岸先輩もいたのだ。

「太るぞ」と岸先輩。

「こんぐらい平気だっつの」と口笛先輩。

ふたりは店先で何かを食べながら、談笑を始めた。

「こりゃまた降るな」

「俺、雨嫌い」

「あ、岸、ここ白髪」

「え? マジ? 俺ジジイなの?」

僕はやきもきした。とっととどっか行け。そこにいられると店に入れない。

僕の思いに反して、部活終わりらしいふたりは、しばらくだらだらとだべった。すぐ近くにいるので、嫌でも会話が耳に入ってくる。部室へ帰ろうにも、B棟はコンビニの対面にあるので、僕が動くとふたりの目に入ってしまう。

「ところで、昨日はどうだったんだよ」

唐突に口笛先輩が言った。

僕はハッとして、耳を澄ませた。

「昨日って?」

「ほら、あの背の高い子……千歳ちゃん? とお祭りデートしたんだろ?」

「ああ」

「楽しかったのかよ」

「うーん」

僕はどきどきしながら聞き耳を立てる、

「なんだよ、なんか煮え切らんな」

「いや。花火あったろ? その後告白された」

「マジ! いいね!」

口笛先輩が大きな声を出した。

「チューしたんか?」

「まあ」

「お! その後は?」

「その後」

「やれたんか?」

「いや……それがよ」

岸先輩は声のトーンを落として、

「千歳、浴衣着てきたんだけど。そんな時でも中にハイネックのシャツ着てたんだよ」

「は?」

「もう悪目立ちも悪目立ち。その時点で正直ないわと思ったんだけど、恥ずかしいの我慢して、一緒に祭り回って。で、告ってきたからこれはいけるかもってな具合で、中央公園を散歩しようってなったわけ」

「おお」

「そんで、上手にトイレの裏まで行けたんだよ。ほら、あそこ青カンの聖地じゃん? いい感じに街灯が近くて、ぎりぎり薄暗くて。もうここで決めてやれと思って」

「やるね」

「けどさ、無茶苦茶に嫌がられてよ。もう抵抗しまくり」

口笛先輩は笑った。「かっこ悪!」

「でもさあ、そうなったらこっちのプライドも傷つくじゃん。それにもう千歳とどっか行くのは遠慮したいし。だから結構強引にいったわけ」

「そんで?」

「で、浴衣脱がせて、中のシャツも捲《まく》り上げたんだけど……」

間、

「もうね。一気に萎んだね」

「なんだよ」

「凄かったのよ」

「だから何が？」

「模様が」

◇

口笛先輩はゲラゲラと笑った。「俺、あの子がハイネックなのは巨乳を隠すためだって思ってた」と言うと、岸先輩が「いやマジで！」と言った。

「マジで怖かったんだよ！　なんかもう普通じゃない、見たことないようなバケモノ的な模様が体中にあんのよ？　そりゃ逃げるって！」

「岸、ゴールならず～」

そうして口笛先輩はまた笑った。

僕は、隠れていた陰からコンビニの前へと飛び出した。

「あん?」とふたりが僕を訝しげに見る。

岸先輩が僕に気づいて、

「あれ、お前……」

その時、先輩たちの後方、コンビニの左手から、ぬうっと巨大な生物が顔を出した。

コンビニの屋根より高い位置にみっつの頭を持つその生物は、それぞれの口から紫色の煙をしゅうしゅうと吐き、赤い目を爛々《らんらん》と輝かせて、先輩たちを見下ろした。大きな影がふたりを飲み込み、いち早く異変に気づいた口笛先輩が後ろを振り返って、

「あっ、うわっ、うわあっ」

口笛先輩が悲鳴を上げた一秒後、ケルベロスの真ん中の頭が包丁のような牙《きば》の生えた口を開け、口笛先輩の頭に噛《か》みつき、そのまま一気に引きちぎった。

頭を失くした口笛先輩は首元から噴水のように血を噴き、亡霊みたいにゆらゆらと揺れ、やがて倒れた。その血を浴びながら、腰を抜かした岸先輩が声にならない声を上げている。ぐるると唸るケルベロスを前に、ずりずりと後ずさりをして、やがて僕の足元にやってきた。

岸先輩は真っ青《まさお》な顔で僕を見上げて、すがりつき、「助け、助けて」と言った。

「悪かった、悪かったから」

どん、と岸先輩が電気を流されたように震えた。目を剥いて恐々と後ろを向き、自分の背に深々と突き刺さっている矢を認識して、ようやく岸先輩は「ああっ」と苦痛に顔を歪めた。そ

の向こうに、射ったばかりの弓を構え直し、新たな矢を装塡《そうてん》しているちびフランケンがいた。

僕は、ケルベロスのみっつの頭を見た。

赤く輝くむっつの目も、僕を見ていた。

僕は腰を折って、先輩の胸ぐらを摑み上げた。

そして、鼻と鼻がつくくらいの位置から、ありったけの大声で、

「お前こそ、悪の皇帝だ！」

がぶ、と、ケルベロスの真ん中の頭が岸先輩の頭にかぶりついた。それと同時に、左の頭が先輩の左半身を、右の頭が右半身に嚙みついて、ケルベロスは大きく首を振った。

血と臓物で弧を描きながら、足の生えた花瓶みたいになった岸先輩が空を舞い、遠くの地面にどかっと落ちた。

駆けてきたちびフランケンとハイタッチをし、僕たちは笑い合った。

ぷ、と嚙みちぎった頭をガオが吐き出し、ケルベロスがこちらへ歩いてきた。僕の前でおすわりをし、頭《こうべ》を垂れた。

僕がみっつの頭を撫でると、ケルベロスはクゥンと鼻を鳴らした。


もし。

もし、そうできたなら。

「よし、雨が降る前に帰ろ帰ろ」

ふたりの先輩はコンビニの前を離れ、校舎の中へと消えていった。

僕に、ふたりの前に飛び出す勇気があったなら。

僕の傍に、本当の本当にケルベロスがいてくれたなら。フランケンがいてくれたなら。

いつまでも陰から動けないでいる僕を、降り出した雨が打つ。

空がゴロゴロと鳴る。雷雨だった。

◇

「雷雨だよ」

初めて、僕から千歳さんにメッセージを送った。

既読はつかない。

「避雷針立てないの？」

一分待つ。

つかない。

「僕、ひとりで立てていい？」

一分待つ。

つかない。

「じゃあ、ひとりでやるね」

つかない。

僕は靴箱の隣の傘立てから誰かが忘れた傘を拝借して、体育倉庫へと向かった。

絶え間なく降り続ける雨が傘にぶつかり、激しい音を立てる。生徒の姿はない。夜と暗雲が混じって、辺りは気味の悪い闇に包まれていた。

鍵を持っていないので、南京錠《なんきんじょう》は壊すつもりでいた。

でも、倉庫に着いて、驚いた。

まず、いつも倉庫脇に停めてあったリヤカーがない。

更に、扉の前に、かかっているはずの南京錠が落ちていた。

僕は扉を開け、いつも避雷針を隠していた跳び箱の裏を見た。

節を包んでいたブルーシートが、影も形もなくなっていた。

◇

僕は千歳さんのことを何も知らない。だって、話すようになってからまだ半年も経っていないし、毎日会っていたわけでもない。実は血液型すら知らないいし、転校してくる前どこに住んでいたかなんて見当もつかない。

でも、千歳さんを想像することはできる。

渡辺さんが話してくれた、千歳さんの暴行事件の顚末を思い出す。

その時の千歳さんは、それはもう怖い顔をしていことだろう。そして、きっと誰の目にもわからなかったろうけど、たぶん少し触れれば崩壊してしまうくらいに泣きそうだったことだろう。彼女は変わり者だけど、きちんと勇気のないひとりの女子だ。だから、拳を握るのは本当に怖くて仕方なかったと思う。それでも殴らなきゃいけなかったのは、そうしなければ彼女の心が死んでしまうからだった。

一緒にフランケンシュタインを見た時、千歳さんは僕に聞いた。「この映画には、どんなメッセージが込められてるって思った？」。「作った人は、見た人に、何を伝えたいんだと思った？」と。

今なら、それがわかるような気がする。

怪物を生んだフランケンシュタイン博士は、怪物のその後を何も考えていなかった。育てる気なんてさらさらない。自分の欲求を満たすためだけに怪物を生み、その上、最後には自分の都合でそれを殺した。それは子どもだって一緒のことだ。僕たちは望んで生まれてきたわけじゃない。「世間体が気になる」とか、「赤ちゃんが欲しいから」とか、「たまたまできちゃったから」とか、親の都合で、親のエゴで生まれてきているだけに過ぎない。僕たちの口から「生んでくれ」と言ったことは一度もない。

生んで終わりが親じゃない。

あの映画には、怪物が幸せになる結末もあったはずなのだ。

千歳さんの父親は、彼女と母親を捨てて出ていった。

勝手に生んだくせに、勝手にいなくなってしまった。

怪物を作った責任を放棄した博士と、千歳さんの父親は、同じなのだ。

そして、もうひとつ。

千歳さんはたぶん、ずっと水泳を続けたかったのだと思う。高校に上がっても水泳部に入りたかったのだと思う。だって、好きな先輩がその部にいるのに違う部を選ぶだなんて、あまりに不自然だから。裏ではとことん努力家でいられるほどに、勝負に負けて泣くほどに、水泳が好きなはずだから。入りたくても入れない、泳ぎたくても泳げない、そんな理由があったのだ。

「私さあ、雷に打たれたいんだよね」

七月中旬、そう言った東屋の中の千歳さんは、それで口をつぐんだ。けれど、本当はそれに続く言葉があったのだと思う。あの時点で僕がもうちょっと千歳さんと仲良しだったなら、彼女が僕に心を許してくれていたのなら、彼女はたぶん、あの大雨の中に歩み出し、両手を広げ、空を見上げて、こう叫んだはずだ。

そう。

フランケンシュタインという映画が伝えたかったメッセージと同じく。

彼女が担任を殴った時のように、父親のことを想う時のように。

これ以上ないほどの剣幕で、お腹の底からの大声で。

「責任を取れ」と。

◇

国道137号線を北に、僕はゆうひの丘を目指して歩いた。

雨は更に勢いを増して、夏休みを洗い流していく。雨煙で少し先を見るのも困難だった。側溝に水が溢れ、道路に流れ出していた。

この道をひとり、傘もささずに重たいリヤカーを押していく千歳さんの姿が思い描かれた。

冷たい雨を一身に浴び、歯を食いしばってきつい坂道を登っていく、彼女の姿が思い描かれた。

彼女が可哀そうだった。

いくらでも励まそうと思った。

言えることとならなんだって言おうと腹を据えた。

地響きがするほどの雷鳴がして、目に見えるもの全てが何度も白くなる。

蓮光寺《れんこうじ》六丁目の交差点の信号が赤から青に変わって、僕はとうとう走り出した。

◇

雨で小川のようになった記念館通りを進み、僕はゆうひの丘へと入った。

ゆうひの丘は、多摩川を挟んで聖蹟桜ヶ丘《せいせきさくらがおか》や府中《ふちゅう》の街を臨む、夜景が綺麗に見えるスポットとして知られている。マンション、住宅街、鉄道などの美しい光を一望できるとあって、よくドラマや映画の撮影にも使われているらしい。

言うまでもなくそれは晴れている時の話で、こんな雷雨の日はその夜景も雨に煙って頼りない光しか見えない。当然、労力をかけてこんな大雨の時にこんな小高いところまで用があって出かけてくる人はいない。

僕と千歳さんを除いては。

刈り揃えられた芝生に、ベンチや東屋がある。石畳の道を行くと、左手に階段があった。少しでも高いところを選ぶはずだと思い、階段を上っていくと、小さな広場に出た。円形の芝生を囲むようにコンクリートが敷かれていて、珍しい形の街灯が弱々しく輝いている。向こう正面に、大きな東屋があった。傍らにリヤカーが停められていた。

そして、芝生の中心に、天を突く、長い長い棒が立っていた。

その棒の傍らに、千歳さんがいた。

千歳さんは傘をささず、ずぶ濡れで、右手で棒に触れて立っていた。足元の地面を見るように項垂れている。雨で張りついた前髪で表情は見えない。

僕は「千歳さん」と声をかけた。

千歳さんは驚いたように顔を上げ、「佐々木くん」と、雨にかき消されそうな声で言った。

辺りがパッと雷光に染まる。

骨に響く重低音がする。

僕は千歳さんに近づいた。そしてようやく、彼女がよく見えるようになった。

千歳さんは、ハイネックを着ていなかった。ただの白いTシャツにジーパン姿だった。

露わになっている彼女の首元には、おびただしい傷跡があった。

それはとても不思議な傷だ。まるでたくさんの根のようなものが、彼女の首元から胸元にかけて伸びている。はっきりした模様として、彼女の皮膚に刻まれていた。

フラッシュが焚かれ、向こうの空に稲妻が走った。

千歳さんの傷は、その稲妻そのものだった。

「私、ノッポだからかなあ」

顔に張りついた髪をかき上げ、千歳さんは言った。

「去年の夏休みにね。打たれたの」

僕は黙って聞いた。

「買い物帰りにさ、急に雨が降ってきて。木の下で雨宿りしてたら……」

千歳さんは小さく笑ったようだった。

「まだまだ泳ぎたかったのに。私さあ、ついてないんだよね」

「やめよう」

僕は言った。

「避雷針、やめよう」

千歳さんは何も言わない。

「もし本当に雷が落ちてきたら、次こそ本当に死んじゃうよ」

「それがいいんじゃんか」

千歳さんはこれまでより大きな声で言った。

「責任を取らせるの？　雷に」

僕が言うと、千歳さんは「え？」と言って、

「なんで……」

僕は傘を放り、避雷針を摑んで、そのまま倒そうと力を込めた。

「やめて！」

千歳さんが僕の肩を摑み、避雷針から引き剝がそうとする。土台の節を補強する鉄柱の足が

しっかりと打ち込んであって、避雷針はなかなか抜けない。「離して！」と、彼女は僕の服を引っ張る。僕はそれでも離さない。避雷針を右へ左へ揺すって、地面から引っこ抜くべく渾身《こんしん》の力を込める。

「離せ！」

千歳さんは僕に肩からぶつかってきた。彼女はそのままの勢いで僕を組み敷く。「どうして」と叫ぶ彼女の体を僕はすぐさまどかし、もう一度避雷針に飛びつこうとして、

落雷。

近い。まず地面が跳ね上がるほどの衝撃があって、それから鼓膜が揺れるのが直にわかるほどの轟音《ごうおん》が来た。そして稲光の連続。目まぐるしく切り替わる白黒の視界に現実感が奪われる。長い時間をかけて余韻《よいん》が遠のき、音の主役が再び雨になる。

雷雲が次を装塡する前にこの避雷針を倒さなきゃならないと歯を食い縛る。

無我夢中で揺すっているうちに、ついに避雷針の根幹がぐらぐらしてきた。

あと少しで倒れる。

その気配に活気を得た時、背中に鈍くて重い衝撃があった。

千歳さんが手放して落ちたそれは、カナヅチだった。この節を打ち込むためのものだろう。それを僕に使うほどの彼女の気持ちが鈍痛となって襲い、僕は思わず膝をついて呻いた。

「やめてよ！」

泣いているのか怒っているのかわからない顔で、千歳さんは叫んだ。

「なんでそんなことするの？　私がどんな思いでここに来たかわかってんの？」

稲光、

「責任を取ってもらうのが、そんなにいけないこと？」

雷鳴、

「私、何も悪いことしてないのに」

「せ、」

やっと声が出た。

「先輩に、振られて、自暴自棄になって、死ぬの？」

千歳さんが動揺したのがわかる。

「うまくいきそうな時は、避雷針のこと、割とおざなりだったよね。千歳さんは、ただ、失恋のショックで、死にたいって言ってるんだ」

千歳さんは怒りに顔を歪め、馬乗りになって僕の胸ぐらを掴んだ。

そして、大雨に打たれている最中でもはっきりとわかるくらい目に涙を溜め、雨水の中で鼻水を垂らし、「キモいって」と呟き、それからはっきりと、

「キモいって、言われた」

岸先輩に。

あのお祭りの夜に日に。中央公園のトイレの裏で。

「無理なんだ。これからどんなに好きな人ができても、一生無理なんだ、こんな体じゃ、一生、一生！」

その時、僕は確かに見た。

真っ黒な空に、まるで意思を持ったような青い亀裂がゆっくりと広がった。その亀裂が樹形図みたいにどんどん増えていって、雲に毛細血管が通ったようになった。

そして、目の前にいる千歳さんの首から下の傷もまた、亀裂に共鳴するように青く発光していた。雨で透けたシャツの中に、彼女の稲妻があった。右腕に、左腕に、胸に、お腹に入ったそのひび割れは、彼女の向こうにある雷とまるで同じだった。暗闇に青いひび割れだけが浮かび上がり、それは彼女の輪郭を置き去りにして僕に通電した。

「私、何も、悪いこと、してないのに」

張りつめていたものが一気に切れたようだった。

千歳さんは両手で顔を覆い、声を上げて泣き出した。

雨脚がわずかに緩む。

僕は彼女に組み敷かれたまま、ここに来るまでに用意していた、傘の下で何度も反芻《はんすう》した台詞を口にした。

「その傷のせいで、千歳さんがこれからどれだけ苦しんで生きていくのかわからない」

雨音と雷鳴にかき消されず千歳さんに届くよう、できる限り大声で言った。

「僕には、想像することしかできないから。僕は千歳さんじゃないから」

風雨が更に勢いを増す。避雷針の先端が左右に揺れる。

「でも、僕は、それでも僕は、千歳さんに生きていてほ——」

後悔は、後にするから後悔と言う。

まるで地獄を前にしたように、千歳さんは瞳の色を失った。

彼女のその顔を見て、それがいかに軽石のような言葉なのか気がついた。

なんてことを。

救済の術もない。その後のことなんて考えてない。

僕は「一生の苦しみを背負って生きろ」と、彼女に言ったんだ。

だから、だから僕は愚かなんだ。

僕こそ、皮膚の上澄みを救っているだけなんだ。

それは雨粒じゃない。それだけが雷光にきらめいているからわかる。僕の言葉の後、千歳さんの両目から頬へ流れる涙が、勢いを増していた。そうして彼女は、普段の飄々とした様子とは似ても似つかない、まるでクロッキー紙を丸めたように顔を歪めて、

「ああ、ああ、ああっ」

呻きながら、雨を弾くほど大きく首を左右に振る彼女は、いやいやをする小さな子供だった。

その掠《かす》れた嗚咽《おえつ》が、やめて、と言っていた。それ以上聞きたくない、もうほっといてくれと、千歳さんは僕の胸目がけて拳を振り下ろした。

僕は反射的に彼女の手首を取り、その弱々しい拳を止めた。

そうして、動けなくなった。

初めて彼女に触れて、初めて彼女がわかる。

それは、少し力を込めれば折れてしまいそうな、細く、柔らかく、冷たい手首だった。

その手首から伸びるのも、細い腕。先にあるのも、細い体。

そして、その全てが震えていると気づいた時、僕は途端に悲しくて仕方がなくなった。

本当はこんなにも華奢《きゃしゃ》な彼女が、笑顔の仮面の下にこのどうしようもない涙を隠して明るく振る舞いながら、真っ黒に日焼けしながら、汗だくになりながら、夏休みをかけて自分が死ぬための避雷針をせっせと作っていたのだと思うと、悲しくて悲しくて、避雷針を倒すこの瞬間のために用意してきた言葉が全て吹き飛んでしまった。

死を決心して、ひたむきにこの夏を過ごした彼女には――。

死を決心したからこそ、最期《さいご》にと勇気を出して好きな人に告白し、そして生きる希望を持てた途端にどん底に落とされた彼女の心には、どんな言葉も響く気がしなかった。

雷が打ち抜いたのは、千歳さんの体だけじゃない。

永遠をかけて彼女の中で発光する悲しみが、僕には見えていた。

それ以上、傷ついてほしくなかった。

大雨の中、千歳さんは僕の胸に顔を埋めて背中を震わせながら泣いている。そうして恐怖に耐えながら、雷が「自由」をくれるその時を待っている。

「抱きしめろ」

雷鳴が幻聴になったのか。

頭の中で、馴染《なじ》みのある声がした。

「抱きしめてほしいんだ、彼女は。消えない傷まるごと、自分を受け入れてほしいんだよ」

できない。

「どうしてですか？」

わかっているだろ。

「手を払われるのが怖いんだよねえ」

お前なんかが。

「彼女を傷つけたくないのではなく、自分が傷つきたくないんですよね」

そうだとも。怖いんだ。僕なんかがって。手を払われたら、もし、そうなったら、

「この期《ご》に及んで、そんなに自分が傷つくのが怖いのか」

そうだ。そうだ。どこを探しても勇気が足りないんだ。先輩の前に飛び出せなかった時とおんなじだ。どこを探しても、向き合いたいのに、どうしても、どうしても、

「大丈夫です」

「お前はとっくに知ったはずだ」

「思い出してみてよお、修司」

何を。

わかっている。

店のため、生活のためにと、自分の理想を押しつけて、僕の漫画を破り捨てた父のことを。

自分への好意を踏みにじり、千歳さんに乱暴した先輩のことを。

「みんな、けっきょく、じぶんのことしか、かんがえてない」

みんな結局、自分のことしか考えていない。

僕にとっての父、僕にとっての先輩、僕にとっての彼女。

彼女にとっての父、彼女にとっての雷、彼女にとっての先輩。

僕を利用した彼女。彼女を生かそうとする僕。

生きている限り、誰もが誰かに理不尽を押しつけ、押しつけられている。

「生きるというのは、理不尽さを噛みしめながら、理不尽さを使いこなすということです」

それが正解なのかはわからない。

「だから、気後《きおく》れすることなんてないんだよお」

でも、もし正解だったなら。

それなら、今から僕がやることに、勇気はいらない。

勇気があるか、ないかじゃない。

傷つく、傷つかないじゃない。

自分の心を守り、自分が生きるための、当たり前のことだ。

「目を開けろ、修司」

目を開けた。

いつも教室の遠くにいた。特に親しくなることなんてないと思っていた。日向と日陰は交わらないはずだった。二年生になってクラス替えがあるまで、ただ同じ空間にいるだけの、住む世界の違う人なのだと思っていた。そうしてそのまま卒業して、それぞれの道へ進んで、時が経ち、大人になって、いつかお互いの名前も思い出せなくなるのだと思っていた。

今、吐息がかかり、涙がこぼれて注ぐ距離に、しゃくり上げ、ぐしゃぐしゃになった千歳さんの顔があった。

息を忘れる。

雨が遅れる。

上半身のひび割れを輝かせる彼女の濡れた瞳に、歪な僕が映っていた。

僕と彼女は無言で見つめ合った。

初めて、彼女が僕を見てくれたような気がした。

「しゅうじは、しゅうじのことをかんがえるだけでいいんだよ」

「そうとも。我儘《わがまま》になれ！」

頭の中で木霊《こだま》するその言葉には、確かに体を動かす魔力があった。それは虚構から湧いて出た言葉でもなんでもなく、元から僕の中にあった言葉だ。

そうだ。魔力はとうに持っていた。

小学一年生の頃からずっと、僕は魔法使いなのだ。

「自分のために、彼女を生かせ！」

脳内であらゆる声が重なって、ひとつの巨大な波になる。その波が全身を押し込めていた臆病という澱《おり》を洗い流し、お腹の底に怒りとも悲しみともつかない激情が生まれた。

僕は千歳さんの肩に手を置いた。彼女の嗚咽が瞬間止んだ。

そして、僕も初めて彼女を見た。


僕がきみに生きていてほしいと願うのは、僕らを生み落とした親とおんなじで、ただのエゴにほかならない。

でも、そのエゴを抱かせた原因はきみにある。だって、きみに泣かないでほしいと思わせたのは、きみとまたパズルがしたいと思わせたのは、きみのことをもっと知りたいと思わせたのは、他の誰でもない、きみ自身なのだから。

そんな意味の「一生のお願い」だったなんて許さない。どうせ死ぬから、その後のことは知らんぷりするつもりだったなんて許さない。自分勝手に僕を誘ったくせに、自分勝手に僕の中に住み着いたくせに、自分勝手にどこかへ行くだなんて、絶対に許さない。それが許されない理由は、きみが一番にわかるはずだ。

だから、自信を持って、はっきりと言わせてもらう。

きみの悲しみをこの目でしっかり捉えながら、教師を殴ったあの日のきみと同じように、震えていても誇りを持って、強く、凛々《りり》しく、堂々と、真正面から。

千歳さん。

責任を取れ。

強風が渦を巻き、雨雲の栓が抜けた。再び勢いを増した雨がどうどうと降り注いで、雷鳴が轟《とどろ》き始める。夜より黒い暗雲の中で、何十頭もの電気の龍《りゅう》が翻った。

僕は彼女をゆっくりと退かした。彼女は抵抗しなかった。

身を起こし、避雷針に近づく。節を摑んで、最後と思って力を込めた。

避雷針が大きく傾《かし》ぐ。

その頂点を見ようと顔を上げた時、暗雲に走るひび割れと、目が合った。

空が割れていく。

ひび割れは青い光を湛《たた》えたまま、まるでスロー再生をしているように、静かに、のんびりと、空から僕へと近づいた。

雨と風と音を飲み込み、幅を増しながらどんどん迫ってくるひび割れの中に、僕はある光景を見た。

小さな僕と母が、手を繋いで歩いている。

亀裂の中の僕はとても嬉しそうな顔をして、一生懸命に、母に何かを喋っていた。母は微笑み、僕の話を聞いている。

それは、ふたりで図書館に行った帰り道。

『魔法使いの光』を初めて見た、あの日の帰り道の光景だ。

母の手は温かった。

僕はひび割れに包まれ、目を閉じた。

「知ってた？」

痛みはまったくなかった。

「雷ってね。本当に近くで聞くと、ドン、じゃなくて、パン、っていうんだよ」

耳元で、千歳さんが優しく囁《ささや》いたような気がした。

第4章

目を開けると、白い壁があった。それが壁じゃなくて天井だとわかるまでちょっとかかった。

僕はベッドに寝ていた。どこだろうと思い、頭をもたげようとして、できなかった。体がうまく動かない。なんとか目だけで見てみると、右手にカーテンの開いた窓がある。左手の壁際には背もたれのある椅子がふたつあって、ひとつに父が座っていた。

父は腕組みをし、目を閉じていた。時折「ふご」と言っている。どうやら眠っているらしい。

僕は「父さん」と声を出してみた。

ものすごく小さい声になってしまったが、父は飛び起きた。急いで僕の傍らに来て、じっと僕の顔を見下ろした。

そして「大丈夫か？」と言った。

僕はかろうじて頷いた。

濡れた瞳をした父は、右手で鼻をこすった。その時、父が『交通安全』のお守りを強く握りしめていることに気がついた。僕のバッグについているはずの、母の形見の赤いお守りを。

「そうか」

「先生を呼んでくる」

父は横開きのドアを開け、部屋を出ていった。そこで、「ああ、ここは病室なんだな」とわかった。

それから父と共に先生と看護師さんが来て、色々な質問をされた。舌が全然回らないので、僕は頷いたり首を振ったりしてそれに答えた。その後、先生は僕に注射を打ち、ゆっくりするようにと言った。

「お父さん。今後の治療につきましてお話が」

「わかりました」

父と先生らが病室を出るのと入れ替わりに、今度は部長・斎藤・池田・渡辺の漫研一同がやってきた。まず部長が「目覚めてる！」と驚き、それから残りのみんながやいのやいのと僕に話しかけてきた。

「佐々木、お前よく生きてたな」

「ギリギリだぞお前、マジで死ぬとこだったんだぞ」

ちょっとテンションの高い斎藤と池田が言う。

「いや、いい経験したよほんと」

「うん。なんか逆にオシャレになったしな。回復したら快気祝いにまた合宿やろうぜ」

「りんご剝こうか？　持ってきたから」と渡辺さん。

目覚めたばかりで食べられるはずもなく、僕は首を左右に振った。その様子が痛々しかったのか、気を使った渡辺さんが「ほら、今日はもう帰ろう。また明日来ようよ」と言って、一同をどかどかと病室から押し出していった。

みんなが帰って、ひとりの病室はとても静かになった。今は何日の何時なのか知りたかったけれど、注射が効いたのか、うとうとしてきて、僕はそのまま目を閉じた。

次に目を開けた時、部屋は真っ暗だった。カーテンも閉められている。

目を開けたままぼうっとしていると、「起きた？」と近くで声がした。

「電気、点けるよ」
パ、と明るくなって、僕は目を細めた。
やがて目が光に慣れ、千歳さんの顔がはっきり見えてきた。

「おはよう」

千歳さんは言った。

彼女は、黒いハイネックのシャツを着ていた。

夢かと思ったが、一応、おはようと、僕は口をぱくぱくさせて答えた。

「最初は喋れないよね」

言いながら、千歳さんは椅子をベッドの近くに持ってきて座った。

「平気？　体、痛い？」

僕は首を左右に振った。

「まだ麻酔が効いてるのかな。後でめちゃくちゃ痛くなってくるから覚悟しといた方がいいかも」

僕は首を捻った。

千歳さんは「わからない？」と言って、椅子の上に置いていたリュックから丸いものを取り出し、僕の顔の前でフタを開けた。

それは、コンパクトミラーだった。

鏡に映る患者衣姿の僕の首から体にかけて、包帯が巻かれている。

その包帯の中に、ホタルのように発光する青いひび割れが透けて見えた。

「おそろい」

千歳さんはコンパクトミラーを閉じた。

それから千歳さんはうつむき、黙った。黙って、黙って、黙り続けた。ように感じた。まだおぼろげな意識が時間をうまく摑めない。もしかするとそれは数秒の沈黙だったかもしれないし、数十分の沈黙だったかもしれない。耳に痛いほどの静けさが室内を満たしたようだし、ずっと外の廊下を行き交う誰かの足音と声が聞こえていたようでもある。ただ、判然としない中にあってもひとつだけはっきりしていたのは、僕の呼吸に合わせて、包帯の中のひび割れが静かに明滅していたことだった。

そうして宙に浮かんだ時がどれくらいか経ち、千歳さんはうつむいたままで、ふっと口を開いて言葉を発した。

「わかってる」

それは消え入るほどに小さな声だったけれど、震えてはいなかった。

自分に言い聞かせたのか、僕に伝えたかったのかはわからない。

でも、それが彼女の覚悟として僕の耳に届いたことは確かだ。

「……あーあ。佐々木くんのせいで死に損なっちゃった」

窓が開いているのだろう、カーテンがそよそよと揺れた。

入り込む風は、まだ夏の匂いがする。

セミの声はないけれど、僕はまだ夏にいた。

「責任、取ってくれるんでしょ？」

ベッドに肘をつき、手のひらに顔を乗せ、千歳さんは僕を見つめた。

◆

これからの僕には、すべきことがある。

喋れるくらい元気になったら、まずは父に謝りたい。嘘をついていたこと、心配をかけてしまったこと、それらをしっかり謝りたい。

そして僕は、父に漫画を描くことを許してもらいたい。今度こそ父に面と向かって、漫画家になりたいということを伝えたい。電器屋になりたくないということを伝えたい。道楽じゃないと伝えたい。僕にはそれしかないと伝えたい。もう一度ぶん殴られたっていい。それが、ケルベロスとちびフランケンを死なせてしまった僕の責任であり、父から逃げ続けてきた僕の責任であり、跡継ぎとしてここまで育ててもらった僕から父へ食らわす理不尽だ。

そうしてすべきことをし終えたら、もう一度、また一から描き出そう。

始めることで始まる責任を背負い込もう。

何回だって繰り返す。

ひとつひとつを取っていく。


いつか僕の魔法で、父を支えられるように。

「お前なんか」の檻を壊せるように。

物陰から飛び出せる自分になるために。


これからそう訊かれた時に、いつでも、何度でも、彼女に頷けるように。

了

本書は2021年7月、IIV公式サイトにて掲載された作品を
加筆・修正したものです。

装画……げみ
装幀……大岡喜直（next door design）

道具小路（どうぐ・こうじ）

1988年生、宮崎県出身。2013年、『やたらウロウロめったらドキドキ』で第4回京都アニメーション大賞小説部門奨励賞を受賞。同年、第1回富士見ラノベ文芸賞大賞を受賞。受賞作を改題した『サンタクロースのお師匠さま』（富士見L文庫）でデビュー。2021年、『ひび割れから漏れる』で第3回ⅡVクリエイターアワード小説部門賞を受賞。登場人物たちの悩みや葛藤を瑞々しくも繊細な筆致で描く。

げみ

兵庫県三田市出身。京都造形芸術大学美術工芸学科日本画コース卒業後、フリーランスのイラストレーターとして作家活動を開始。書籍の装画やCDジャケットほか、企業広告やTVCM、教科書の表紙なども手掛け、幅広い年齢層から支持を得る。

ひび割《わ》れから漏《も》れる

著者……………道具小路《とうぐこうじ》

2021年12月24日　初版発行

発行者…………鈴木一智
発行……………株式会社ドワンゴ
〒104-0061
東京都中央区銀座4-12-15 歌舞伎座タワー
ⅡＶ編集部：iiv_info@dwango.co.jp
ⅡＶ公式サイト：https://twofive-iiv.jp/
ご質問等につきましては、ⅡＶのメールアドレスまたはⅡＶ公式サイト内「お問い合わせ」よりご連絡ください。
※内容によっては、お答えできない場合があります。
※サポートは日本国内のみとさせていただきます。
※ Japanese text only

発売……………株式会社KADOKAWA
〒102-8177
東京都千代田区富士見2-13-3
https://www.kadokawa.co.jp/
書籍のご購入につきましては、KADOKAWA購入窓口
0570-002-008（ナビダイヤル）にご連絡ください。

印刷・製本……株式会社暁印刷

ISBN978-4-04-893096-3　C0093
Printed in Japan